Ludwig Tieck

Der Alte vom Berge

fabula Verlag Hamburg

Tieck, Ludwig: Der Alte vom Berge. 2017
Neuauflage der Ausgabe von 1828
ISBN: 978-3-95855-383-5

Umschlaggestaltung: fabula Verlag Hamburg

Bibliografische Information der Deutschen Nationalbibliothek: Die Deutsche Nationalbibliothek verzeichnet diese Publikation in der Deutschen Nationalbibliografie; detaillierte bibliografische Daten sind im Internet über https://dnb.de abrufbar.

Der fabula Verlag Hamburg ist ein Imprint der Bedey & Thoms Media GmbH, Hermannstal 119k, 22119 Hamburg

---

fabula Verlag Hamburg, 2017
https://fabula-verlag-hamburg.de/
Gedruckt in Deutschland

Ludwig Tieck

Der Alte vom Berge

Im ganzen Gebirge galt der Name des Herrn Balthasar; denn jedes Kind kannte den reichen Mann und wußte von ihm zu erzählen. Alle Menschen liebten ihn aber und ehrten ihn auch, denn er war eben so gut, als vermögend, nur fürchteten sie sich ebenfalls vor ihm, denn er quälte sich und andere mit vielen Sonderbarkeiten, die keiner begriff, und seine Melancholie, sein schweigsamer Ernst drückte vorzüglich diejenigen, die ihn zunächst umgaben. Keiner hatte ihn seit vielen Jahren lächeln sehn, fast niemals verließ er sein großes Haus, welches oben über dem Gebirgstädtchen lag, dessen Häuser und Bewohner fast alle sein Eigentum und ihm angehörig waren, weil er die Menschen zu seinen Fabriken, Bergwerken und Alaungruben herbei gezogen hatte. Dieser kleine Fleck des Landes war daher sehr bevölkert und von der größten Tätigkeit belebt. Maschinen arbeiteten und sausten, Wasser rauschten, Wagen und Pferde gingen und kamen, die Pochwerke lärmten: nur war durch die rauchenden Kohlen, die dampfenden Gruben und die schwarzen Schlacken, die weit umher in vielen Haufen hoch aufgetürmt lagen, die finstere abgelegene Gegend noch düsterer, und kein Reisender, der, um sich zu erfreuen, die Natur aufsuchte, mochte lange in diesem finstern Bezirke verweilen.

Unter der großen Menge, welche durch die ausgebreitete Tätigkeit und vielfachen Geschäfte vom alten Balthasar abhängig waren, schien keiner das Vertrauen des reichen Mannes in so vollem Maße zu genießen als Eduard, der, jetzt einige dreißig Jahre alt, die Oberaufsicht über die Werke und

Fabriken, so wie die Rechnungsbücher führte. Groß und wohlgebildet, immer heiter und gesprächig, stach er sehr von seinem finstern und einsilbigen Vorsteher ab, der früh gealtert war, und dessen dürres, runzelvolles Antlitz, dessen trauriger, matter Blick aus den eingesunkenen Augen jedermann eben so zurückschreckte, wie die frohe Miene Eduards zum Vertrauen und zur Hingebung anlockte.

Es war noch sehr früh an einem Sommertage, als Eduard nachdenkend in die rauchenden Täler hinabsah, die Sonne war hinter schweren Wolken, und die niedrig ziehenden Nebel, die sich mit dem schwarzen Dampf der rauchenden Gruben vermischten, verhinderten die Aussicht und wickelten die Landschaft wie in grauen Flor. Er überdachte seine Jugend, und wie er, gegen alle seine früheren Vorsätze, in diesem finsteren, abgelegenen Gebirge festgehalten sei, das er wahrscheinlich, da er sich schon dem reiferen Mannesalter näherte, nicht wieder verlassen würde. Indem er sich in Gedanken verlor, eilte neben ihm der junge Wilhelm, ganz reisefertig, wie es schien, hastig vorüber, ohne ihn nur zu grüßen. Der junge Mensch erschrak, als er im Vorübereilen den sinnenden Eduard bemerkte, und mochte dessen Fragen nur ungern Rede stehen.

Wie? rief Eduard, Sie wollen uns schon wieder verlassen, junger Mann, da der Herr Sie erst vor drei Wochen nach vielen Bitten und langer Ueberredung von uns beiden aufgenommen, und Ihnen Ihren neulichen, plötzlichen Austritt verziehen hat?

Ich muß fort! rief der junge Mensch: Halten Sie mich nicht auf! Ich muß undankbar scheinen; aber ich kann nicht anders.

Ohne Abschied, erwiederte Eduard, ohne Urlaub? Was soll man von Ihnen denken? Auch wird Herr Balthasar Sie entbehren, denn es ist jetzt Niemand da, um Ihre Schreiberstelle zu versehen.

Teuerster Herr, rief der Jüngling bewegt, wenn Sie meine Lage kennten, so würden Sie mich nicht schelten oder tadeln.

Hat der Herr Sie beleidigt? Haben Sie eine Ursach zu klagen?

Nein! nein! im Gegenteil! rief der junge Mann erschüttert: Der alte Herr ist die Güte selbst, ich erscheine schlecht und nichtswürdig, aber ich kann mir nicht anders helfen. Entschuldigen Sie mich, so gut Sie es mit Ihrem Wohlwollen und Gewissen vermögen.

Sein Sie ein Mann! rief Eduard, indem er ihm die Hand gab und ihn fest hielt. Sie können hier Ihr Auskommen finden und Ihre künftige Wohlfahrt begründen; verscherzen Sie nicht zum zweitenmale so mutwillig mein und des Herren Zutrauen. Wir nahmen Sie auf, als Sie ohne Zeugnisse, ohne Empfehlung, fast ohne Namen zu uns kamen: der alte Herr ging von allen seinen Grundsätzen Ihretwegen ab, die sonst unerschütterlich sind; ich habe mich gewissermaßen für Sie verbürgt; wollen Sie unser Vertrauen so vergelten, und sich auf so leichtsinnige Weise verdächtig machen? Und können Sie darauf hoffen, nach einem Monat oder später wieder aufgenommen zu werden?

Der geängstete Jüngling riß sich mit Ungestüm los und rief: Ich weiß es ja, daß ich mir diese Freistätte, in welcher es mir so wohl ging, wo ich mich so glücklich fühlte, auf immer verschließe. Elend und Not warten meiner und die herbeste Strafe für eine zu leichtsinnige Jugend: wer aber kann für sein Schicksal? Rennt der Wagen stürzend den Abgrund hinunter, so genügt keine Menschenkraft, um ihn aufzuhalten.

Wenn Sie aber nur Ehrgefühl besitzen, antwortete Eduard, wenn wir nicht alle an Ihnen irre werden sollen, so müssen Sie gerade jetzt bleiben, da ich überdies nicht begreife, welche Gewalt Sie so plötzlich von hier vertreiben kann. Sie wissen, wie schon seit lange die teuersten und kostbarsten Tücher aus dem Magazine entwendet worden, ohne daß man noch dem Verbrecher hat auf die Spur geraten können. –

Ich muß auch dies über mich ergehen lassen, rief Wilhelm, schnell errötend. An mir ist nichts mehr zu retten, und ich habe nichts mehr zu verlieren, drum verdiene ich auch die gute Meinung des Redlichen nicht, sei er selbst der Geringste meiner Brüder. – Mit diesen rätselhaften Worten eilte der junge Mensch hinweg, ohne sich noch einmal umzusehen. Eduard schaute ihm nach und bemerkte, wie er eilig sich nach der kleinen Stadt wendete, durch die Straßen derselben mehr rannte als lief, und sich jenseit nach dem Fußsteige kehrte, um einen steilen Felsen zu erklimmen. Von dort verlor er sich in der Einsamkeit des Gebirges.

Der Nebel hatte sich indessen etwas verzogen, und man sah von oben, wie grüne Inseln, unten die von der Morgensonne erleuchteten kleinen Täler mit Wald und Busch, dazwischen die halbversteckten Häuserchen und Hütten, die sich an Hügel und Felsen lehnten.

Ein alter Bergmann, der, entfernt von hier, in den Gruben arbeitete, die dem Fürsten zugehörten, trat jetzt verdrießlich zu Eduard. Wieder umsonst herüber gelaufen! rief er verdrießlich: Ich wollte den jungen windigen Patron sprechen, und nun hör' ich von dem Pochjungen schon in der Stadt, daß er eben hindurch gestrichen ist und kein Mensch sagen kann, wohin er rennt.

Was habt Ihr mit ihm, mein lieber Kunz? fragte Eduard.

Was hat man mit so jungem Volk! erwiederte der mürrische Alte. Da habe ich ihm ein kurioses Bergbuch drüben von dem uralten weißköpfigen Steiger, der schon seit drei Jahren blind ist, kaufen müssen: das Ding hatte der kuriose Graukopf aus Neugier und Naseweisheit selbst in der Jugend aus dem Buche eines durchreisenden Tyrolers abgeschrieben, auch alle die närrischen Bilder nachgerissen. Da er es nun aus Blindheit nicht mehr lesen kann, so habe ich es für den jungen Herrn Lorenzen, unsern Wilhelm hier, gekauft und nun ist der Fant über alle Berge.

Was enthält denn das Büchelchen? fragte der Inspector Eduard.

Sehn Sie nur selbst, fuhr jener fort, allerhand Geister- und Gespenstergeschichten, Nachweisungen, wo man droben im Hochgebirge Gold und Diamanten in Höhlen und Sandgruben, an entlegenen, unzugänglichen Plätzen findet; es sollen noch Merkmale aus uralten Zeiten an Felsensteinen und Bächen eingehauen und angeschrieben stehen; mit großen Platten oder Kieseln, auf eigene Weise gelegt, sollen kundige Italiäner vor zwei- und dreihundert Jahren die Stellen gemarkt und gezeichnet haben, die jetzt freilich, wie mir der Steiger sagt, schwer zu finden sind, weil auch die Berggeister und Kobolde, die nicht gern gestört sein wollen, oft die kennbaren Blöcke wieder verrückt und anders gestellt haben.

Eduard lachte, indem er das seltsame Büchelchen durchblätterte. Spott' Er nur nicht, junger Herr, rief der Alte: Er ist auch von den Superklugen, Neumodigen. Wenn Ihm einmal, wie mir wohl geschehen ist, tief unten in der Einsamkeit, vom Himmel und aller Welt abgeschieden, nur die Lampe bei Ihm, und kein Ton als sein Hammer zu erhorchen, der hohe schreckliche Berggeist erschiene: was gilt's, Er würde auch ein ander Gesicht ziehen, als jetzt hier, in der freundlichen Morgensonne? Lachen kann jeder, aber das Schauen ist nicht Vielen vergönnt, und noch Wenigern, sich als Mann zu fassen, wenn ihnen einmal die Augen aufgetan werden.

Ich will Euch, lieber Alter, erwiederte Eduard freundlich, das Buch bezahlen und es unserm Wilhelm aufheben, bis er etwa wiederkommt.

Ha ha! rief der Bergmann (indem er herzlich lachte, und das Geld einsteckte) und heimlich lesen und studiren, und an Sonn- und Festtagen etwa die geheim versteckten Gänge aufsuchen. Laßt Euch nur dann nicht thören, junger Mann, ticken und erschrecken, und habt Ihr gefunden, alsdann haltet fest. Seht, der Herr des Gebirges, oder der Alte vom Berge, wie ihn manche auch nennen wollen, hat das Ding gut begriffen, der ist den Geistern und Elfen und Kobolden auf die reichsten Taschen geraten, und sie haben ihm ausbeuteln müssen.

Wen meint Ihr? fragte Eduard halb verwundert. Und zugleich wollte er mit einer gewissen Empfindlichkeit dem Alten das beschmutzte Buch wieder zurück geben, indem er sagte: Hebt unserm Freunde, da Ihr mir so wenig traut, oder vielmehr mich für so töricht haltet, das Schatzkästchen selber auf, und gebt dem Steiger nur sein Geld.

Nein, rief der Alte, was einmal übergeben und bezahlt ist, muß in der Hand des Käufers bleiben, das ist ein heiliges Gesetz, sonst sind der Steiger und ich verfehmt. – Aber wen ich unter dem Alten vom Berge, oder dem Herrn des Gebirges meine? Das wißt Ihr nicht, und seid wohl schon zwölf Jahre hier und drüber? Euren großen mächtigen Fabrikanten, Bergwerksinhaber, Kaufherrn, Goldmacher, Geisterseher, den Allmächtigen, den Millionair, den Balthasar nennt ja die ganze Welt so. Und Ihr stellt Euch wohl auch zum Ueberfluß so an, als wenn Ihr es nicht wüßtet, woher er seine unmenschlichen Reichtümer hat? Ja, ja, mein Guter, der alte blasse Brummbär hat sie an seinem Schnürchen, die Geister, Wochen ist er oft abwesend und drinnen bei ihnen, in ihren heimlichen Kammern: da zählen sie ihm auf, da brechen sie die alten Kronen von einander, und geben die Diamanten in seine dürren Hände, da klopfen sie mit den geweihten Ruten an die Steinwände, und auf den Bächen müssen die Wasserjungfern von unten herauf schwimmen, und ihm Korallen, Perlen und Türkisse ausliefern. Gold achtet er kaum noch, das die kleinen Kobolde ihm aus dem Sande waschen, und ihm dann in Kugeln und Körnern, wie die Bienen, sammeln, und in den Stock, wie Honig, tragen. Ja, ja, mein bester, jungbärtiger Allerweltsweisheitskrämer.

Darum ist der Alte auch immer so traurig und darf niemals lachen, darum wird er verrückt, wenn er zufällig Musik hört, die aller frommen Menschen Herz erfreut, darum geht er in keine Gesellschaft, und ist immer griesgrämig, weil er wohl weiß, welches Ende er nehmen muß, wovon ihn alle die irdische Herrlichkeit nicht zurück kaufen kann, weil er Gott abgesagt hat, und kein Mensch ihn noch jemals in einer Kirche gesehen hat.

Das ist das Hassenswürdige, rief Eduard bewegt aus, des Aberglaubens, der sonst nur unsere Verachtung verdient, der, wenn er nicht auf diese Art Sinn und Herz verdürbe, von seiner poetischen Seite uns Freude machen und die Phantasie seltsam ergötzen könnte. Schämt Ihr Euch nicht, Alter, vom tugendhaftesten, wohltätigsten Manne so zu denken und zu schwatzen? Wie viele Menschen ernährt sein verbreitetes Geschäft und macht sie wohlhabend, wie teilt er mit jedem Bedürftigen den Segen, durch den der Himmel seine Tätigkeit belohnt! Er denkt, wacht, sorgt, schreibt und arbeitet, um Tausende zu ernähren, die ohne ihn darben und unbeschäftigt sein würden, und da das Glück alles, was er verständig unternimmt, begünstigt, so ist der Aberwitz frech genug, seinen Verstand, den er nicht begreifen, seine Tugend, die er nicht würdigen kann, durch das Abgeschmackte der Dummheit zu erniedrigen.

Glück! lachte der Bergmann: Ihr sagt Glück, und meint mit dem allerdümmsten Wort etwas ausgesprochen zu haben: das ist dasselbe, was ich meine und glaube, nur aber ohne allen Verstand gesagt, wobei man sich gar nichts denken kann. Mein Schatz: Erde, Wasser, Luft, Berg, Wald und Tal sind keine toten, leblosen Hunde, wie Ihr vielleicht meint. Da wohnt, hantiert allerlei, das Ihr so vielleicht Kräfte nennt: das leidet es nicht, wenn ihm die alte stille Wohnung so umgerührt, aufgegraben, mit Pulver unter dem Leibe weggesprengt wird: die ganze Gegend hier, meilenweit umher, raucht, dampft, klappert, pocht, man schaufelt, webt, gräbt, bricht auf, wütet mit Wasser und Feuer bis in die Eingeweide, kein Wald wird verschont, Glashütten, Alaunwerke, Kupfergruben, Leinwandbleichen und Spinnmaschinen, seht, das muß Unglück oder Glück dem bringen, der die Wirtschaft und den Spektakel anrichtet, ruhig kann es nicht abgehn. Wo keine Menschen sind, da sind die stillen Berg- und Waldgeister, werden sie nun zu sehr gedrängt, denn in gewisser Nähe und Ruhe vertragen sie sich gut mit Menschen und Vieh, rückt man ihnen zu scharf auf den Leib, so werden sie tückisch und bösartig, da gibt's dann Sterben, Erdbeben, Ueberschwemmungen, Waldbrand, Bergfall, oder was sie nur zu Stande bringen, oder man muß sie hart zwingen, dann dienen sie freilich, aber Widerwillen, und je mehr sie einbringen, um so weniger sind sie am Ende gutmütig. Seht, junger Herr, das ist, was Ihr Glück nennt.

Der Streit wäre wohl noch nicht zu Ende gewesen, wenn sich ihnen nicht jetzt ein ältlicher Mann genaht hätte, dem Eduard, wenn er nur irgend konnte, gern aus dem Wege ging. Diesmal aber kam Eliesar zu schnell, und hatte so viel von Geschäften zu berichten, daß der Oberinspector jenem, der die Webereien unter sich hatte, Rede stehen mußte. Eliesar war ein kleiner, kränklicher Mann, eigensinnig und verdrießlich, fast noch mehr als sein Oberherr, der Alte vom Berge, wie ihn Kunz, nach der Weise der Landschaft dort, genannt hatte. Gestern hörte ich, sagte Eliesar, von einer Kutsche, die im nächsten Städtchen soll übernachtet haben, ich sprach im Vorbeigehn unserm Wilhelm davon, und nun ist dieser Mensch, der über meine Nachricht zu erschrecken schien, auf und davon. Der Herr wird noch einmal seinen Schaden und Ärger an solchem hergelaufenen Volle haben, dem er so oft mehr, als erprobten alten Freunden vertraut.

Er betrachtete das sonderbare Büchelchen, las und schien erfreut. Gefällt Euch das törichte Werk, sagte Eduard, so will ich Euch ein Geschenk damit machen, im Fall unser Wilhelm nicht wieder kommt, für den ich es gekauft habe.

Danke, danke recht sehr, sagte Eliesar schmunzelnd, indem er die stechenden kleinen Augen erhob und ein sonderbar grinsendes Lächeln sein gelbes häßliches Gesicht noch mehr entstellte. – Euch ist es Ernst mit Eurer Tugend, sagte der alte Bergmann, und die Wahrsagungen des Erdgeistes sind auch bei dem kranken Herren da besser aufgehoben, als bei einem solchen muntern Sorgenfrei. – Er ging von der andern Seite, der Stadt entgegen gesetzt, den Berg hinunter, um sich zu seiner Grube zu begeben, indessen der zerstreute Eliesar schon in seinem neuerworbenen Buche mit großem Eifer zu lesen schien.

Indem bemerkte Eduard, wie sich ein Fuhrwerk aus dem Tale, von der Seite des Waldes her, zum Berge empor arbeitete. Sollten wir Besuch erhalten? rief er verwundert aus. – Ei was! erwiederte Eliesar, es ist ja des alten Herrn Fuhrwerk, das er den Leuten drüben wieder zur Hochzeit geliehen hat, und die zweite Kutsche ist zur Taufe, nach dem fernsten Bergdorf hin, gegeben worden. Zwei Equipagen, die er selbst niemals braucht, da er nicht aus dem Hause geht, und Fuhrmann und Bediente immer für fremdes Bettelvolk auf den Beinen, das es ihm nicht einmal dankt, wenn Wagen und Pferde zu Grunde gehen, und von vier zu vier Jahren neue angeschafft werden müssen.

Können Sie diese wohltuende Freundlichkeit wirklich tadeln? erwiederte Eduard; doch Eliesar machte es überflüssig, den Streit fortzusetzen, da er sich mit seinem Buche schnell davon machte, ohne nur noch einmal den Redenden anzusehen. Eduard fühlte sich erleichtert, als ihn der gehässige Menschenfeind verlassen hatte, der bei jeder Gelegenheit seinen Wohltäter bitter lästerte. Die Kutsche strebte indessen die zweite Höhe hinan, und aus dem langsamen und unsichern Schritte der Pferde konnte man schließen, daß diese aus der

Ebene sein müßten. Es blieb dem Beobachtenden auch nicht mehr zweifelhaft, daß das Fuhrwerk fremd sei und wohl einen unvermuteten Gast herbei führe. Keuchend und schwer arbeitend zogen die Rosse endlich die Kutsche die letzte Anhöhe hinan, und eine ältliche Dame stieg vor dem großen Hause aus, indem sie die Aufwärterin mit dem Diener und Fuhrwerk nach dem Gasthofe der Stadt schickte.

Eduard war verwundert, da ihm die Frau, deren Antlitz noch verriet, daß sie einst schön gewesen, völlig unbekannt war. Sie erlauben mir wohl, sagte sie mit einer wohlklingenden Stimme, daß ich hier im Vorhause einen Augenblick ausruhe, alsdann wünsche ich den Herrn Balthasar zu sprechen.

Eduard war verlegen und führte die Frau mit Ängstlichkeit zu einem Sitze der Vorhalle. Wenn es Ihnen gefiele, sagte er dann, so würde ich Sie auf den Saal begleiten und Ihnen ein Frühstück reichen lassen. –

Ich danke für Alles, rief sie sehr bewegt, was ich einzig wünsche, ist ein Gespräch mit dem Herrn des Hauses. Ist er schon aufgestanden? In welchem Zimmer werde ich ihn finden?

Das weiß keiner von uns, antwortete Eduard: Bevor er nicht selbst sein Zimmer eröffnet, darf Niemand zu ihm gehen, und noch ist es verschlossen. Er pflegt aber früh aufzustehn, und, wie er selbst sagt, nur wenig zu schlafen. Ob er sich so früh in der Einsamkeit mit Lesen beschäftigt, ob er betet und andächtig ist, weiß keiner zu sagen, weil er gegen Jedermann zurückhaltend ist. Aber Sie anmelden, – auch nachher? – ich weiß nicht; denn wir alle haben den gemessensten Befehl, niemals einen Fremden zu ihm zu lassen. Er spricht nur die Beamten und Diener in Geschäften zu gewissen Stunden, und von dieser Regel ist er in den zwölf Jahren, seit ich ihn kenne, niemals abgegangen. Fremde, die etwas zu suchen haben, müssen mir oder dem Herrn Eliesar ihr Verlangen vortragen, das wir entweder sogleich selbst schlichten, oder, wenn dies nicht unmittelbar von uns geschehen kann, ihm alsdann den Bericht abstatten, ohne daß er den Fremden jemals sieht. Diese grillenhafte Einrichtung, wenn Sie es so nennen wollen, macht seine Einsamkeit unzugänglich, und das ist es gerade, was er beabsichtigt.

Gott! rief die Frau tief erschüttert: So sollte also diese Reise, mein Entschluß, alles vergeblich gewesen sein? Denn wie sollte ich Worte oder Ausdrücke finden können, Ihnen, einem ganz Fremden, meine Wünsche und Bitten zu vertrauen? O Lieber, Teurer, Ihr Auge redet und verkündigt Gefühl, gehn Sie um meinetwillen, einer Unglücklichen, Tiefbekümmerten wegen nur einmal von der strengen Sitte des Hauses ab und melden Sie mich dem Herrn.

Indem hörte man den lauten Schall einer großen Glocke. Das ist das Zeichen, sagte Eduard, daß er zu sprechen und sein Zimmer geöffnet ist: ich will alles für Sie tun, was Sie wünschen, aber ich weiß im voraus, daß es vergeblich ist, und daß ich mir seinen Zorn zuziehe, ohne Ihnen nützen zu können.

Er ging mit schwerem Herzen über den langen Corridor, weil es ihn schmerzte, der edeln Gestalt, die ihn rührte und interessierte, nicht helfen zu können. Der alte Balthasar saß in tiefen Gedanken, das Haupt auf den Arm gestützt, hinter seinem Arbeitstische: er sah heiter und freundlich aus, als ihn Eduard begrüßte, und reichte ihm die Hand. Als der junge Mann nach einer langen Einleitung, die ihn entschuldigen und den Alten begütigen sollte, eine Geheime-Rätin, geborne Fernich nannte, fuhr der Alte, wie vom Blitz getroffen, mit einem schrecklichen Aufschrei schnell von seinem Stuhle auf. – Die Fernich? Elisabeth? rief er dann, wie entsetzt, – diese, diese ist hier? hier in meinem Hause? Mein Gott, – o Himmel, schnell, schnell soll sie herein kommen! O so eilen Sie doch, mein lieber Freund, rief er noch einmal, indem ihm die Stimme brach.

Fast erschreckt ging Eduard zurück, um die Fremde zu Balthasar zu führen. Zu dieser hatte sich indessen die junge Tochter des Hauses gefunden, ein angenommenes Kind, welches aber vom Alten zärtlich geliebt, und ganz wie ein eigenes gehalten wurde. Die Fremde zitterte, und war, als sie in das Zimmer des Alten trat, einer Ohnmacht nahe, der Alte trocknete seine Tränen und konnte keine Worte finden, als er die bleiche Frau in den Sessel niederließ: er winkte und Eduard verließ das Zimmer, sehr besorgt um seinen alten Freund, den er niemals so bewegt gesehn hatte, und zu welchem er durch diesen sonderbaren Auftritt in ein neues Verhältniß gesetzt wurde.

Es ist schön, Röschen, sagte er zu dem jungen, blühenden Mädchen, daß Sie die fremde Dame indessen unterhalten haben.

Es wollte sich nicht recht fügen und schicken, antwortete sie errötend, denn sie war so matt und erschöpft, daß sie auf alles, was ich sagen mochte, nur Tränen hatte. Sie mag wohl krank sein, oder ein schweres Anliegen auf dem Herzen haben. Ich bin ganz traurig geworden, und habe auch schon geweint. Die Augen in unserm Kopf sind doch ganz so wunderlich, wie die kleinen Kinder. Herumfahren, gaffen, alles Neue betrachten; das glänzt und blinkt vor Freude, und dann werden sie so ernst und trübe, und wenn einem das Herz recht weh tut, laufen sie über und plätschern in Tränen, bis sie wieder hell und freundlich sind. Es gibt wohl viel Leiden auf Erden, mein lieber Eduard?

Der Himmel behüte Sie vor recht traurigen Erfahrungen, antwortete der junge Mann: Bis jetzt ist Ihr junges Leben noch so friedlich wie ein Schwan über den stillen Teich hingestrichen.

Sie meinen, rief sie lachend, unser eins hätte nicht auch schon seine Leiden, und recht bittere und schmerzende gehabt? Weit gefehlt!

Nun? fragte Eduard gespannt. –

Es fällt einem nicht gleich bei, woran man leidet, sagte das freundliche Mädchen: Warten Sie einmal. Denke ich an manches große Unglück in der Welt, wovon ich wohl habe reden hören, so will es freilich nicht viel bedeuten, was ich erlebt habe, indessen ist für kleine Menschen, wie ich einer bin, kleines Elend schon groß genug. Ist es denn nicht ein wahres Leiden, daß ich niemals Musik hören darf? daß ich nicht weiß, wie der Mensch aussieht, oder wie ihm zu Mute ist, wenn er tanzt? Ach, liebster Eduard, letzt, als wir ausgefahren waren, kamen wir dort unten, jenseit der Stadt bei der Schenke vorbei, wo die Bauersleute tanzten; – das Springen, die Töne der Geigen, das sonderbare Jubeln im Takt machte einen so wunderlichen Eindruck auf mein Gemüt, daß ich nicht sagen konnte, ob ich froh, oder recht tief betrübt war. Hier in der Nähe, weder in der Schenke noch sonst wo, darf ja jemals Musik sein. Wenn ich von Comödien, Opern höre, – ich kann es mir nicht vorstellen, daß dergleichen Wunderwerk wirklich und wahrhaftig in der Welt sei. Die Lichter, die vielen geputzten Menschen, eine ordentliche Bühne, und auf der eine Geschichte vorgespielt, an die ich glauben soll: gibt es etwas Kurioseres? Und ist es denn nicht ein wahrer Jammer, daß ich hier alt werden soll, ohne jemals in meinem ganzen Leben auch nur ein kleines Blickchen in diese Herrlichkeiten hinein zu tun? Sagen Sie, Lieber, Sie sind doch auch ein guter Mensch, ist denn dieser Wunsch, oder die Anstalt selbst Sünde? Herr Eliesar sagt es freilich, und mein lieber väterlicher Oheim nimmt es auch so an, ihm ist auch alles dergleichen verhaßt, aber König und Obrigkeit lassen es doch zu, gelehrte Leute billigen es und schreiben und dichten die Sachen: kann es denn da wohl so gottlos sein?

Liebes Kindchen, sagte Eduard mit der größten Freundlichkeit, wie leid tut es mir, daß ich Ihnen nicht einmal diese unschuldige Freude verschaffen kann. Aber Sie wissen selbst, wie strenge Herr Balthasar in allen diesen Sachen ist.

Ja wohl, erwiederte sie: Dürfen die Bergleute doch hier im Städtchen nicht einmal musiziren; dürfen wir doch nicht eben über eine Stunde weit ausfahren; sind ja doch sogar die lustigen Bücher und Gedichte und Romane hier im Hause verboten. Und oben ein wird unser einem immer Angst gemacht, daß so viele Gedanken, Vorstellungen, und was man sich so in vielen einsamen Stunden ausmalt, gottlose Sünde sein sollen. Da sinne ich mir so kleine Geschichtchen aus, von allerliebsten Geisterchen und schönen Landschaften, und wie der Müller in seinem Mühlbach seine Liebste findet, die nachher eine Fürstin ist und ihn zum König macht, oder wie der Fischer in den Fluß stürzt, und unten ganz wunderbare und glänzende Herrlichkeiten antrifft. Die kleine Schäferin spielt mit den Lämmern auf der Weide und ein schöner Prinz, der auf einem großen Pferde sitzt, reitet vorbei und verliebt sich in sie. Wenn dann die Abendglocke in der Dämmerung schallt, und der Wind vom schwarzen Berge da das Hämmern und Pochen herüber bringt, oder ich den fernen Zainhammer vernehme, so kann ich weinen und bin doch eigentlich im Herzen fröhlich. Aber der böse, finstere Eliesar, dem ich so etwas einmal erzählen wollte, schalt mich aus und sagte, so was auszudenken sei die allerärgste Sünde und Bosheit. Und ich kann doch nichts dafür, denn es kommt mir alles so ganz von selbst.

Liebes, unschuldiges Wesen, sagte Eduard und faßte die Hand des aufblühenden Mädchens. – Ihnen, fuhr diese fort, kann man so alles sagen, und Sie verstehn auch alles auf die rechte Weise, die andern schelten aber gleich, weil sie jedes falsch nehmen. So war auch meine alte Wärterin, die nun gestorben ist. Sie waren schon lange im Hause, als ich dachte, ich könnte Ihnen nichts sagen und vertrauen, wie ich noch so ganz klein war, und mit meiner Puppe spielte. Lieber Himmel, das ist nun schon ganzer zehn Jahre her, daß ich die Clärchen, wie sie damals hieß, nicht mehr mit Augen gesehen habe. Meiner alten Brigitte, und dem Vater, und Eliesar, und der Köchin dachte ich alles sagen zu können, weil sie so ernst waren; Sie lachten immer, und da glaubte ich, daß Sie gar nicht eigentlich zu uns gehörten. Wenn nun die Betstunde kam, so durfte ich nicht Clärchen ansehn, oder gar mitnehmen, die wurde alsdann in den Schrank geschlossen. Das tat mir so weh, ich glaubte nehmlich, sie weinte nach mir. So macht' ich es doch möglich und nahm sie heimlich unter mein Tuch, und drückte sie recht warm und fest an meine Brust, und wie wir in die Betstube kamen, flehte ich heimlich Gott zu allererst an, daß er es mir vergeben möge, wenn ich mein Clärchen vielleicht zu lieb hätte, er möchte auch verzeihen, so groß und mächtig wie er sei, daß ich sie heimlich in seine hohe Gegenwart mitgebracht hätte, er solle es mir nicht als Betrug oder Verachtung seiner auslegen, denn er wisse ja, daß dem nicht so sei. Nach dieser Vorrede sprach ich nun beruhigt, wie ich glaubte, die gewöhnlichen Gebete und war andächtig. Das gelang mir wohl acht Tage: da entdeckte die Brigitte die Sache. Ach Himmel! Das gab einen großen Lärmen. Der gute Vater sagte auch, so sei das menschliche Herz von allerfrühester Jugend verderbt und böse, daß es Götzendienst mit dem Nichtigen und Verächtlichen treibe. Ich verstehe noch jetzt nicht, was er damit gemeint hat. Wenn man einmal etwas liebt, so ist es ja so schön und muß so sein, daß ich es nicht zu nahe prüfe: was ist die Rose, wenn ich sie zerdrücke? Sie ist so hinfällig, und darum so lieb. Konnte mein Clärchen was dazu, daß sie nur ein Püppchen von Leder war? In voriger Woche betrachtete ich sie einmal wieder, und konnte selbst nicht begreifen, wie ich sie damals so lieb haben konnte, und doch hätte ich fast darüber weinen mögen, daß mir von damals doch nun auch jetzt kein Gefühl mehr möglich sei. Und Untreue kann dies jetzt doch eben so wenig sein, wie meine Liebe vor zehn Jahren Götzendienst und Bosheit war.

Lieber Engel, sagte Eduard nicht ohne Rührung, unser Herz übt sich an den sichtbaren, vergänglichen Gegenständen in der Liebe zum Ewigen. Wenn ich ein Kind so zärtlich und unschuldig mit selbst geschaffnen Figürchen spielen und in Liebe und Freude über das leblose Wesen weinen sehe, so möcht' ich glauben, daß sich in dieser Stunde Engel zu dem kleinen Menschen gesellen und freundlich um ihn scherzen.

Ach! rief Röschen aus, das ist ein allerliebster Gedanke!

Wenn sich aber, fuhr Eduard fort, Herz zu Herzen wahrhaft neigt, wenn sich zwei Gemüter in der Liebe finden und verstehn, so ist in diesem Glauben und Fühlen auch der Unsichtbare für alle Ewigkeit gegenwärtig.

Das verstehe ich wieder nicht, sagte das Mädchen nachdenkend; wenn Sie aber die Liebe meinen, die zu einer Heirat notwendig ist und für die wahre glückliche Ehe, so denke ich darüber ganz anders.

Und wie denn? fragte der junge Mann.

Das ist schwer zu sagen, erwiederte die Kleine mit tiefsinniger Miene.

Wenn Sie nun also, sagte Eduard halb gerührt, indem er sich zum Lachen zwang, um sein Gefühl zu verbergen, morgen etwa heiraten müßten, wen würden Sie wählen? Welcher Mann ist Ihnen von allen, die Sie bis jetzt kennen gelernt haben, wohl der allerliebste? Haben Sie wohl Vertrauen genug zu mir, mir das recht aufrichtig zu sagen?

Warum nicht? erwiederte sie: Denn ich brauche mich auch gar nicht zu besinnen – –

Und – und der schon Auserwählte?

Ist ja natürlich unser Eliesar.

Eduard fuhr höchst überrascht zurück. – Erst verstanden Sie mich nicht, sagte er nach einer Pause, – aber jetzt haben Sie mir ein Rätsel gesagt, das mich erschreckt.

Und die Sache, erwiederte sie ganz unbefangen, ist doch die natürlichste von der Welt. Ich glaube auch, daß mein Vater schon die Einrichtung getroffen hat, daß der gute Eliesar künftig mein Mann werden soll. Wenn ich Sie liebte und wählte, so wäre das nichts Besonderes, denn Sie gefallen mir und jedem Menschen, alle Welt muß Vertrauen zu Ihnen haben, dabei sind Sie hübsch, immer freundlich und vergnügt, so daß man kaum, wenn man Sie nur erst kennt, ohne Sie leben möchte. Solchem Menschen, wie unserm Wilhelm, werden tausend Mädchen gut sein, und Schade ist es, daß er uns schon wieder weggelaufen ist. Selbst der alte Kunz, auch mein Vater sogar, müssen in ihren jüngern Jahren hübsch gewesen sein, – aber sehn Sie einmal den armen Eliesar an, der noch gar nicht so sehr alt ist, und den kein Mensch im Hause, ja wohl in der ganzen Welt keiner leiden kann, – was soll der doch wohl anfangen, wenn ich mich seiner nicht annehme?

Wie, unterbrach sie Eduard, ein so ungeheurer Mißverstand sollte dies schöne Leben verzehren? Kann die Verwirrung dunkler Gemüter denn auch die reine Unschuld ergreifen, und muß die Liebe selbst ein Gewand finden können, um den gespenstischen Aberwitz als edles Opfer und vernünftige Resignation aufzuschmücken?

Heut verstehn wir uns gar nicht, fuhr sie ruhig fort. Es ist ja nicht, daß ich ihn wirklich liebe; weiß ich doch noch gar nicht, was uns diese Liebe vorstellen und bedeuten soll. Um nun wieder von den Leiden meiner Jugend zu sprechen, wovon wir anfingen. Als mir mein Clärchen noch sehr lieb war, hatte ich auch ein Kätzchen hier im Hause, das mein kindisches Herz eben so in Anspruch nahm. Ich bildete mir sogar ein, die Puppe und das weiße freundliche Tierchen müßten meinetwegen recht böse auf einander sein. Herr Eliesar verfolgte und haßte aber alles, was einer Katze nur ähnlich sah, denn er nennt sie boshaft. Der Aberglaube scheint allgemein zu sein. Wo sich nur die schmiegsamen Wesen zeigen, schreit alles, auch die freundlichsten Menschen: Katz! Katz! und hetzt und jagt nach ihnen, als wenn sie in jeder der unschuldigen Creaturen den Antichrist verscheuchen könnten. Darum sind sie denn freilich auch mißtrauisch und lauersam. Mein Kätzchen hatte Junge, die eben nach dem neunten Tage die blauen Äugelchen aufgetan hatten. Was das für Kinder Spaß und Lust ist, die Mutter mit den Jungen zu sehen, und die possirliche Freude der Kleinen, und ihr Hüpfen und Fallen und Springen, das kann kein Großer begreifen. An demselben Tage hatte Herr Eliesar eine neue Windbüchse bekommen, die er gern probiren wollte. Dem Vater hatten sie schon seit lange vorgesprochen, mein Tierchen suche und fresse die Singvögel. Es spaziert da hinten im Garten und klettert aus Mutwillen auf den größten Orangenbaum. Gleich schießt sie Eliesar herunter, und sie ist todt, und die Kleinen mußten nun auch ersäuft werden. Noch nie war er mir so braun und garstig vorgekommen, so gar wenig wie ein Mensch. In der Nacht betete ich, daß Gott ihn auch möchte sterben lassen. Aber schon am Morgen, so kindisch ich auch noch war, fiel es mir aufs Herz, wie er selbst am unglücklichsten sei, daß er kein Wesen lieben könne, und daß ihn weder Mensch noch Tier lieben möge. Und so denk' ich noch jetzt. So widerwärtig wie er ist, findet er kein Herz auf Erden, wenn ich ihn im meinigen ausstreichen wollte.

Liebes Röschen, sagte Eduard jetzt ruhiger, Sie werden sich nicht übereilen, und diesen Gedanken gewiß in Zukunft noch aufgeben.

Mir ist es, fing sie wieder an, indem ihr die Tränen in die klaren Augen stiegen, eigentlich eben so wie den armen kleinen Kätzchen gegangen, nur daß mich der liebe Gott nicht so kläglich hat ersäufen lassen. Aber ich habe auch meine Mutter nicht gekannt, ihr wurde es nicht so gut, mich zu erziehen, sie ist bald nach meiner Geburt gestorben. Mein Pflegevater hier ist so gut, aber es muß doch noch ein ganz anderes Gefühl sein, einen wirklichen Vater zu haben; der ist aber auch im Grabe. Nun, bei alledem, ich dächte wir hätten da für mein junges Leben Unglücks genug zusammengebracht.

Liebstes Röschen, fing Eduard wieder an, würde es Ihnen wohl auch schmerzhaft sein, wenn Sie mich so recht unglücklich wüßten? oder wenn ich auch nicht mehr da wäre?

Ach! guter, lieber Freund, rief sie aus, bringen Sie mich nicht zum Weinen. Ich sage Ihnen ja, mir ist noch kein Mensch so lieb gewesen, wie Sie. Aber so glücklich und froh, wie Sie sind, wie Ihnen alle Menschen gut sind, da können Sie leicht meine Liebe entbehren. So ist es mir aber nicht mit Ihnen.

Der Diener kam und rief Eduard ab, zum Alten hinüber. Das Gespräch mußte bedeutend gewesen sein, denn Balthasar so wie die Fremde schienen in Tränen aufgelöst, so sehr sich beide auch wieder zu fassen suchten. Führen Sie, sagte der alte Mann mit der weichsten Stimme, mein lieber Freund, mein guter, teurer Eduard, die fremde Dame nach dem nächsten Gasthof, nehmen Sie aber gleich viertausend Taler in Gold und Wechseln mit aus der Casse. Nur kein Mensch, ich vertraue Ihnen, muß von unserm Geschäft wissen, am wenigsten Eliesar. Denken Sie, der Unmensch hat drei höchst wichtige Briefe der Armen an mich unbeantwortet gelassen. Daß er sie mir nicht zeigte, kann ich ihm zur Not vergeben, da er die Vollmacht dazu von mir hat.

Es geschah nach seinem Willen, und die Fremde reisete nach Mittage getröstet wieder ab, ohne ihren alten Freund wieder besucht zu haben.

Am folgenden Tage ließ Balthasar den jüngern Freund zu sich entbieten. Als er sein Zimmer verschlossen hatte, fing er an: Sie sind der einzige Vertraute eines Verhältnisses und einer Begebenheit, die mich gestern so tief erschütterte, daß es mir unmöglich war, Ihnen etwas darüber zu sagen. Da ich Sie aber ganz wie meinen Sohn betrachte, so bin ich Ihnen auch schuldig, Ihnen etwas mehr von mir und meiner Geschichte zu entdecken, als noch irgend ein sterblicher Mensch erfahren hat.

Sie setzten sich, der Alte gab dem jüngern Freunde die Hand, die dieser herzlich drückte, worauf er sagte: Sie können an meiner Liebe und Freundschaft nicht zweifeln, und was Sie mir mitteilen, ist bei mir eben so verborgen, wie im verschweigenden Grabe.

Ich habe Sie lange beobachtet, sagte der Alte, und kenne Sie. Wir haben bis jetzt wenig mit einander gesprochen, ich bin jetzt gezwungen, meine Sitte gegen Sie zu ändern und zu brechen, denn es liegt mir auch daran, daß irgend ein Wesen mich kennt und versteht.

Eduard war gespannt, und der Alte fuhr mit zitternder Stimme fort: Ich bin noch so bewegt, die gestrige Erschütterung wirkt noch in allen meinen Organen so fort, daß Sie Geduld mit meiner Schwäche haben müssen. – Daß mein Leben kein freudiges ist, daß ich auf alle jene Erholungen und Genüsse, um derentwillen die meisten Menschen eigentlich nur leben, längst verzichtet habe, müssen Sie schon seit lange bemerkt haben. Von Jugend auf bin ich dem Vergnügen aus dem Wege gegangen, mit einem Gefühl, das ich fast Furcht nennen möchte. Von einem strengen Vater erzogen, der in der größten Dürftigkeit lebte, war meine Jugend und Kindheit nur Leid und Trauer. Als ich größer war, diente mir mein wachsender Verstand nur dazu, das Elend meiner Eltern, so wie den Jammer der ganzen Erde um so deutlicher wahrzunehmen. Kein Schlaf kam oft viele Nächte durch in mein Auge, indem meine Tränen flossen. So gewöhnte sich meine Phantasie, die ganze Welt nur wie eine Strafanstalt anzusehen, wo Jammer und Not jedem beschieden sei, und diejenigen, die der Armutseligkeit des Lebens enthoben waren, fast um so schlimmer an einer blödsinnigen Verblendung litten, in der sie weder ihren Beruf noch das allgemeine Schicksal erkannten, sondern nur in nüchterner Freude und verächtlichem Wohlleben dahin und dem Grabe entgegen taumelten. Nur ein Stern schien in diese trübe Nacht hinein, aber auch eben so unerreichbar, wie ein Himmelsgebild, jene Elisabeth, mir verwandt, aber reich, vornehm und für Glanz und Genuß erzogen. Ein Vetter, Holbach, noch reicher und übermütiger, war ihr bestimmt, unsre Familie sah jene so hochmütigen Anverwandten fast niemals, und mein strenger Vater besonders haßte sie und sprach nur mit Ingrimm von ihrer Verschwendung. Diesen Haß trug er auch auf mich über, als er meine stille und heftige Neigung entdeckte. Er gab mir seinen Fluch, wenn ich nur an jenes schöne und liebe Wesen denken wolle. Es währte auch nicht lange, so ward sie jenem übermütigen jungen Manne vermählt, und ein Reichtum floß zum andern, und erschuf eine so vornehme Haushaltung, daß die ganze Stadt die Herrlichkeit dieses Lebens beneidete. Dieser Bruder meiner Mutter, der seinen Sohn so reich ausgestattet hatte, schämte sich unserer Armut so sehr, daß er meine Eltern nicht einmal zur Hochzeit lud, was den Kummer und Verdruß meines schon tief gekränkten Vaters so vermehrte, daß er an den Nachwehen dieser Verletzung starb. Die arme Mutter folgte ihm bald. Von mir selbst will ich schweigen. War mir das Leben bis dahin finster erschienen, so verwandelte es sich jetzt in ein Gespenst, dessen gräßliche, verzerrte Mienen und Blicke mich erst entsetzten, und mich nachher in kalter Gewöhnung alles, mich selbst aber am meisten, verachten lehrten. Elisabeth hatte um meine Leidenschaft gewußt. Sie hatte sich nicht bemüht, so selten wir uns auch sahen, ihre Neigung, mit welcher sie mir entgegenkam, zu verbergen. Wenn sie auch nicht so, wie ich, allen Freuden abgestorben war, so blieb ihr ganzes Dasein doch verschattet und von schweren Wolken bedeckt. Sie hat nachher genug gelitten. Der Mann war ausgelassen und ruchlos, er verschwendete Tausende aus Eitelkeit und geringen, verwerflichen Absichten. Es ist, als wenn manche elende Menschen eine Art von

Bosheit und Haß gegen das Geld fühlten, so daß sie die wunderlichsten Anstalten treffen, es auf allen Wegen von sich zu jagen, wie der Geizige es mit unverständiger Liebe hegt und pflegt, und sich von seinem Götzen erdrücken läßt. Elisabeth war schwach genug, dem Mann ihr Eigentum unbedingt zu übergeben, sich als Mitschuldnerin, als der Credit schon gesunken war, zu erklären, und so ist denn Elend, Verwirrung, Haß und Zank in demselben Hause, in welchem alle Götter des Olymp eingekehrt schienen, um ewige Freude zum Geschenk zu bringen. Der elende Gatte, der Rat Holbach, hat sein Letztes als Leibrente verkauft, ohne auf Gattin und Sohn Rücksicht zu nehmen. Dieser Sohn ist wie von den Furien begeistert, unbändig, wild und ohne Gefühl, er hat Schulden gemacht, dann betrogen, und endlich vor zwei Jahren die weinende Mutter, die ihn ermahnen wollte, in seiner tierischen Wut mit Schlägen misshandelt. Nach dieser großen Tat ist er in alle Welt gelaufen. Der Vater aber schwelgt und lacht, verzehrt an gutbesetzten Tafeln sein Einkommen, das noch reichlich sein mag. So kam sie zu mir, ihren Stolz, ihre Gefühle unterdrückend, um durch mich eine Schuld tilgen zu lassen, die sie in Schmach und Gefängniß würde geführt haben. Schon seit zwanzig Jahren wünscht sie zu sterben, lebt aber, sich zum Grauen und keinem Menschen zur Freude. – Senden Sie ihr vierteljährig tausend Taler; sie hat mir versprochen, weder jetzt noch künftig den ruchlosen Mann von dieser Hülfe etwas wissen zu lassen.

Eduard sah den tiefen Gram des Alten und schwieg lange, endlich fing er an: Wie konnte aber Herr Eliesar so hart sein, Ihnen nicht jene Briefe mitzuteilen?

Ich tat Unrecht, erwiederte der Alte, ihn neulich deshalb zu schelten. Er handelt in meinem Namen, und weiß recht gut, daß ich schwach und weich bin; die näheren Umstände kannte er nicht und tat also nur, was ihm obliegt. Weiß ich doch auch nicht einmal, ob ich recht getan habe, indem ich meinem zerrissenen und tief erschütterten Herzen folgte, denn sie ist doch vielleicht nicht stark genug, dem Elenden zu verschweigen, was geschehen ist; bleibt er doch ihr Gatte und nächster Angehöriger. Sie, zum Beispiel, weil Sie mich lieben, aber mit weichem Sinn, weil die Not Sie rührt, würden anders, besser handeln, aber wahrscheinlich auch, wenn ich mich ganz in Ihre Hände geben sollte, mich verziehen und verderben, denn es ist nichts so Gefährliches im Menschen, als seine Eitelkeit, die aus allem Nahrung zieht.

Was nennen Sie Eitelkeit? fragte Eduard.

Alle unsere Gefühle, antwortete der Alte, die besten, redlichsten, weichsten und beglückendsten, ruhen auf diesem Giftboden. – Doch davon ein andermal mehr. – Ich wollte Ihnen nur kürzlich sagen, wie ich zu meinem Vermögen gekommen bin, wie mein Wesen sich so gebildet hat, wie Sie mich haben kennen lernen. Nach dem Tode meiner Eltern erfüllte ich meines Vaters letzten Wunsch und verband mich mit einem Mädchen, das auch durch weitläufige Verwandtschaft zu unsrer Familie gehörte. Sie war arm, unversorgt, ohne Schutz: verkümmert aufgewachsen und ohne alle Bildung, dabei häßlich, und ihr zänkischer, finsterer Charakter so, daß ich keine vergnügte und nur wenige friedliche Stunden mit ihr verlebte, so lange sie mit mir war. Meine Lage war fürchterlich.

Aber warum? fragte Eduard.

Weil ich es meinem Vater versprochen hatte, fuhr Balthasar fort: Und weil es mein Grundsatz ist, der Mensch müsse nie seine Leidenschaften, am wenigsten die der Liebe befriedigen. Ich bin der Ueberzeugung, unser Leben sei Qual und Angst, und jemehr wir diesen Gefühlen entfliehen wollen, um so fürchterlicher rächt sich späterhin unsere Flucht. Warum es so ist; wer kann es ergründen?

Dieser Glaube, erwiederte Eduard, ist höchst sonderbar und widerspricht allen unsern Wünschen, ja der alltäglichen Erfahrung.

O, wie wenige Erfahrungen müssen Sie dann noch gemacht haben, erwiederte der Alte. Alles lebt, bewegt sich, um zu sterben und zu verwesen; alles fühlt nur, um Schmerzen zu finden. Die innere Qual treibt uns zur sogenannten Freude, und alles, was Frühling, Hoffnung, Liebe und Lust den Menschen vorlügen, ist nur der umgekehrte Stachel der Pein. Leben ist Schmerz, Hoffnung, Wehmut, Nachdenken und Besinnen Verzweiflung.

Und finden wir nicht, sagte Eduard etwas furchtsam, wenn alles so wäre, Trost und Hülfe in der Religion?

Der Alte sah auf und dem jungen Mann starr ins Angesicht; sein finsterer Blick erhellte sich, aber nicht freudig oder gerührt, sondern ein so wundersames Lächeln lief über das bleiche, faltenreiche Antlitz, daß es fast wie Hohn aussah, und Eduard unwillkührlich an die Worte des Bergmanns dachte.

Brechen wir davon heute ab, sagte der Alte mit seiner gewöhnlichen finstern Miene, es findet sich wohl ein andermal Gelegenheit, darüber zu sprechen. So lebte ich denn meine Verdammniß fort, und das Andenken an Elisabeth schien freundlich, aber peinigend, in meine Hölle hinein. Der Wahnsinn des Lebens hielt mich aber fest, auch meine Stelle in der großen Irrenanstalt einzunehmen, und meine Rolle unter dem großen Zuchtmeister durchzuspielen. Man sagt, daß wir im Tode geheilt sind: andere hoffen wieder, aus einer Anstalt in die andere versetzt zu werden, Ewigkeiten hindurch Narren zu bleiben, und am Schein als flüchtige Wesen verloren zu gehn. Mit wenigem Gelde, es ist lächerlich, wenn ich die Summe nennen wollte, manche brauchen so viel, um sich einmal zu sättigen, fing ich ein kleines Geschäft an. Es gedieh. Ein kleiner Handel ward unternommen. Er geriet. Ich trat mit einem vermögenden Mann in Verbindung. Es war, als wenn ich allenthalben erriete und fühlte, wo Gewinn und Vorteil in fernen Gegenden, in unscheinbaren, oder mißlichen Unternehmungen schlummerten. So erzählt man von der Wünschelrute, daß sie auf Metalle, auf Wasser einschlägt. Wie manche Gärtner eine glückliche Hand haben, so geriet mir im Handel jede, auch die unwahrscheinlichste Spekulation. Es war weder Verstand, noch tiefe Kenntniß, sondern nur Glück. Man wird aber verständig, wenn man Glück hat. Mein Compagnon war erstaunt, und da er hier einen kleinen Besitz hatte, so zogen wir in diese Gegend, wo wir bis zu seinem Tode die Geschäftsgebäude und Fabriken vermehrten. Als er starb, und ich mich mit den Erben auseinander setzte, konnte ich schon für einen reichen Mann gelten. Aber ein Grauen kam mir mit diesem sogenannten Besitz. Denn welche Verantwortung, ihn gut zu verwalten! Und warum hatten so viele redliche Menschen Unglück, da mir so unbegreiflich alles einschlug? Nach vielen Leidensjahren starb auch meine Frau; ohne Kinder, ohne Freunde, war ich wieder allein. Wie sehr mich das blinde Wesen, was die Menschen Glück nennen, begünstigte, können Sie aus folgendem Umstand sehn. Es war immer mein Abscheu, Karten oder ein andres Spiel um Geld zu spielen. Denn was tut der Mensch, als erklären, daß das elende Wesen, was ihm als Geld schon so wichtig ist, ihm noch zum Orakel, zu einem göttlichen Ausspruch erhöht werden soll? Nun setzt er Herz und Gemüt auf diese Einbildung; wechselnder Zufall, der Aberwitz selbst soll ihm in ersonnenen Verschlingungen heraus rechnen und klügeln, was er wert, wie er begünstigt sei: die dunkeln Leidenschaften erwachen, wenn er sich von diesem Zufall vernachlässigt glaubt, er triumphirt, wenn er sich begünstigt wähnt, sein Blut fließt schneller, sein Gehirn braust, sein Herz schlägt gewaltsam, und er ist unglücklicher, als der Rasende, der an Ketten liegt, wenn jene Karte, auch die letzte endlich, gegen ihn aussagt. Sehn Sie, da ist der König der Schöpfung in seinem geflickten Bettlerhabit, den er für einen Königsmantel hält.

Der Alte lachte fast, und Eduard erwiederte: So ist aber alles Leben zwischen Wahn und Wahrheit, zwischen Schein und Wirklichkeit auf einer schmalen Linie hinlaufend.

Meinethalben, rief Balthasar. Doch lassen wir das. Ich wollte Ihnen nur erzählen, wie ich mich in seinem letzten Jahr von meinem Compagnon bereden ließ, einmal in die benachbarte Lotterie zu setzen. Ich tat es gegen mein Gefühl, weil diese Anstalten mir die strafwürdigsten scheinen. Durch sie autorisirt der Staat Straßenraub und Mord. Erhitzt sich doch der arme Mensch schon von selbst für den Gewinn übermäßig. Ich hatte die Erbärmlichkeit schon vergessen, als man mir den Gewinn des großen Loses meldete. Diese Summen ließen mir gar keine Ruhe. Was der Pöbel von bösen Geistern fabelt, das war mir mit diesen Geldsäcken ins Haus gekommen. Von diesem unseligen Capital ist drunten, zwei Stunden von hier, das Spital für alte, kranke Frauen fundirt, woraus mir elende Zeitungsschreiber ein so großes Verdienst haben machen wollen. Was hatte ich denn dazu getan? Nicht einmal einen Federstrich. Nun begreifen Sie, wie neue Gewinne und Capitalien, die mir aus allen Unternehmungen zuströmten, mich zwangen, neue Entreprisen zu machen, und wie das immer so fort, und mehr ins Große gegangen ist. Und so gibt es keine Ruhe und Rast, bis der Tod endlich das letzte Punktum für diesmal anfügt. Dann fängt natürlich ein anderer da zu rasen an, wo ich aufgehört habe, und seinem Aberwitz kommt vielleicht jener Unsichtbare in der Gestalt des Unglücks entgegen.

Eduard war verlegen. Sie sind, fuhr der Alte fort, meine Worte und Ausdrücke noch nicht gewohnt, weil wir über diese Gegenstände noch niemals gesprochen haben, Sie kennen meine Art zu denken noch nicht, und weil Ihnen diese Gefühle, diese Blicke in das Leben hinein noch neu sind, so verwundern Sie sich. Glauben Sie, guter Mensch, man wird nur darum nicht wahnsinnig, weil man so stillschweigend mit dem Strome schwimmt, weil man immer fünf gerade sein läßt, und sich in das Unabänderliche fügt. Indessen hilft auch noch eine andere Cur und hält so hin. Man macht sich feste, unerschütterliche Grundsätze, eine Art zu handeln, von der man niemals abgeht. Geld, Vermögen, Erwerb, der Umschwung und die Strömungen des Eigentums und des Metalles nach allen Richtungen hin und durch alle Verhältnisse des Lebens und der Länder ist eine der allerwunderlichsten Erfindungen, auf die die Welt geraten ist. Notwendig, wie alles, und da die Leidenschaft sich dieses Wesens am heftigsten bemächtigt hat, so hat es auch ein Ungeheuer aus ihm erzogen, mehr Chimäre und fabelhafter, wie alles, was eine toll erhitzte Phantasie nur je hat träumen können. Dies Ungeheuer also verschlingt und zehrt immerdar, unersättlich, nagt und knirscht am Gebeine Verschmachteter und säuft ihre Tränen. Daß in London und Paris vor dem Pallast, in welchem ein Gastmahl tausend Goldstücke kostet, ein Armer verhungert, der mit dem hunderten Teil eines Goldstückes gerettet wäre; daß Familien in wilder Verzweiflung untergehen, Selbstmord und Raserei im Zimmer, und zwei Schritt davon Spieler in Golde wüten, alles das ist uns so natürlich und geläufig, daß wir uns nicht mehr wundern, daß jeder kaltblütig genug meint, es müsse so, es könne nicht anders sein. Wie nähren die Staaten, und sie können nicht anders, dieses Geldungeheuer auf, und richten es zum Wüten ab. In manchen Gegenden kann nur noch oben das Capital wachsen, indem es unten die Armen noch mehr verarmt, bis denn der Verlauf der Zeit das trübselige Exempel einmal ausrechnen und das schreckliche Facit mit blutiger Feder durchstreichen wird. – Als ich mich nun so reich sah, hielt ich es für meine Pflicht, so viel ein Mensch es kann, diesen Reichtum abzurichten und das wilde Tier zu bändigen. Gewiß ist die Schöpfung zum Jammer bestimmt, sonst würden nicht Krieg, Krankheit, Hunger, Schmerz und Leidenschaft so wüten und zerstören. Dasein und Qual ist ein und dasselbe Wort, indessen muß doch jeder, der nicht selbst ein böser Geist im Mutwillen sein will, das Elend mildern, so viel er kann. Es gibt keinen Besitz, in dem Sinn, wie die meisten ihn annehmen, er soll nicht sein, und ihn festhalten zu wollen, ist ein gottloses Bestreben. Noch schlimmer, durch den Einfluß des Reichtums Unglück verbreiten. So verwalte ich denn den meinigen, indem ich der Landschaft aufhelfe, den Armen Arbeit gebe, die Kranken versorge, und durch immer vermehrte Tätigkeit es dahin zu bringen suche, daß recht viele ohne Tränen und Reue ihr Brod essen, sich an ihren Kindern und ihres Geschäfts freuen, und, so weit mein Auge und Arm reicht, nicht so viel die Schöpfung verflucht wird, als in andern Dörfern und Städten.

Der Segen, den Sie verbreiten, warf Eduard ein, muß auch Sie beglücken…

Segen? wiederholte der Alte und schüttelte das Haupt. Alles ist ja nur ein Tropfen im Meer. Wie bald müssen auch die jüngsten Kinder sterben; diese Zeit, diese Jahrhunderte und Jahrtausende, wie verlachen sie unsere morschen Gebäude, diese Vergessenheit, wie triumphirt sie allenthalben aus Moder und Schutt, diese Vernichtung, die alle Gebilde so schadenfroh und unempfindlich zerstampft. So habe ich nun heut auch die gute Elisabeth getröstet. Aber kann ich sie wohl trösten? Ihr Schicksal, ihr Leben geht immer mit ihr, die verlorne Jugend, daß sie sich einem schlechten Menschen weggeworfen, daß sie einen Tiger als Sohn der Welt geboren hat. Im Traume kehrt dies Gefühl wieder, im Schlaf und Wachen, und auch in jeder Fiber, daß sie mich einmal geliebt hat, wohl noch liebt, und mein Unglück im Herzen nun mit zum ihrigen trägt. Nicht wahr, – daß ihr nun einmal ein Bissen besser schmeckt, – daß sie einmal, vielleicht bei einem albernen Buch, sich vergißt, sich an Schicksalen freut, für Leiden interessiert, die nur schwache Schatten der ihrigen sind – in diesem rührenden Blödsinn lebt sie vielleicht etwas getröstet in einzelnen Minuten? Das ist was Großes, daß ich ihr das habe leichtern können! Aber das Gefühl, daß von meiner sogenannten Wohltat weder Mann noch Sohn, der Sprosse ihres eigenen Bluts und Leibes, doch auch ihres Geistes, etwas wissen darf, wenn ihr Elend nicht dadurch wachsen soll – fühlen Sie nicht, wie erbarmenswert dies, und alles Leben ist? – Doch brechen wir ab, erzählen Sie mir lieber etwas Neues.

Eduard berichtete ihm, daß Wilhelm sich wieder schleunig, und ohne Ursach entfernt habe. Es ist mir lieb, antwortete der Alte, ich habe ihn immer für unsern Dieb gehalten, durch die Finger gesehen, um ihn nicht ganz zu stürzen, aber es muß doch einmal ein Ende damit haben. Ich habe ihn geliebt, und eben darum um so mehr gehaßt.

Wie das? fragte der junge Mann.

Je nun, erwiederte jener, töricht genug zog seine Physiognomie mich an, der weiche Ton seiner Rede, sein ganzes Wesen. Diese wunderliche Sympathie verfolgt uns ja immerdar. Ich machte viel aus ihm, und da ich mein Herz auf dieser Torheit ertappte, so strafte ich mich, daß ich einen rechten Widerwillen gegen den Menschen faßte, wie wir immer gegen alles tun sollen und müssen, was uns recht gefällt.

Eduard wollte weiter fragen, aber die schlagende Uhr rief ihn an sein Geschäft, und er ging mit vielen Gedanken, als der Alte ihn beurlaubt hatte, von diesem, um in Ruhestunden dem sonderbaren Gespräch weiter nachzusinnen.

Wenn sich Eduard jetzt in manchen Stunden besann, so erschien ihm seine ganze Lage, die Stellung, die er in dieser einsamen Gegend angenommen hatte, das Geschäft, was er betrieb, so wie die Menschen, mit denen er umzugehen gezwungen war, in einem ganz andern Lichte, als bisher. Er mochte es sich selbst nicht gestehen, wie sehr das neuliche Gespräch mit Röschen auf seine Einbildung sonderbar gewirkt hatte. War sie ihm früher nur als ein anmutiges Kind erschienen, so knüpften sich jetzt Erwartungen und stille Hoffnungen an dieses liebliche Wesen, er beobachtete sie aufmerksamer, er sprach öfter und länger mit ihr, und die Entwicklung dieser jungen Seele, ihre freundlichen unbefangenen Mitteilungen bewegten sein Herz mehr und mehr. Gedachte er nun des häßlichen, gelbbraunen Eliesar, dessen herben, menschenfeindlichen Gemütes, und daß diese zarte Blume sich dem Widerwärtigen im Stillen schon als Opfer bestimmt habe, so zürnte er diesem törichten Vorsatz, den er in andern Stunden wieder belächeln mußte. Eliesar war schon seit einigen Tagen entfernt. Er hatte es kein sonderliches Hehl gehabt, daß er jenen Anweisungen, die er im Buche des Steigers gefunden, in den einsamen, abgelegenen Stellen des Gebirges nachgehn wolle. Es paßte diese Torheit zu seinem seltsamen schwärmerischen Wesen, denn er schleppte sich oft mit Zauberbüchern und alchemistischen Schriften, hatte in seinem Zimmer ein Laboratorium, und berühmte sich oft, in ziemlich deutlichen Anspielungen, den Stein der Weisen gefunden zu haben. Dachte Eduard dem sonderbaren Gespräch des alten Balthasar nach, welche Gesinnungen er in jener vertrauten Stunde ausgesprochen hatte, so war es ihm nicht mehr unwahrscheinlich, daß dieser ehrwürdige Mann, seinen Grillen und seiner Melancholie gemäß, das aufblühende Röschen wohl dem finstern Eliesar zur Gattin könne bestimmt haben. Es erfaßte ihn ein Schauder, mit welchen dunkeln und verwirrten Gemütern er in so naher Beziehung stehe, ihm schwindelte unter den Schwindelnden, und er schien sich seiner selbst nicht gewiß. Er vermißte darum schmerzlicher als je den jungen Wilhelm, dazu wuchs sein Verdruß, denn die Beraubung der Magazine ließ nicht nach, sondern wurde unverschämter, als jemals betrieben. Er selbst hatte auf Wilhelm einen leisen Verdacht gehabt, und konnte sich den Frevel durchaus nicht erklären.

In dieser Stimmung begrüßte er Eliesar nicht mit besonderer Freundlichkeit, als dieser von seiner abenteuerlichen Streiferei zurückkehrte. Eliesar war auch empört, als er hörte, daß die Beraubungen indessen mit großer Frechheit waren fortgesetzt worden, und da er Eduard keine Nachlässigkeit oder Saumseligkeit mit Recht vorwerfen konnte, so nahm dieses ernste Gespräch zwischen den beiden, die schon von selbst niemals einverstanden waren, eine noch empfindlichere Wendung. Als sich der widerwärtige Gefährte entfernt hatte, nahm sich Eduard vor, indem er es jetzt als eine unerläßliche Pflicht ansehen mußte, mit dem Fabrikherrn ernster als je über diesen Gegenstand zu sprechen.

Diese Räubereien, die mit so großer Sicherheit ausgeübt wurden, erregten die Neugier der ganzen Gegend, und in der Schenke des Bergstädtchens war auch viel die Rede davon. Der alte Kunz saß in dem hölzernen Lehnstuhl am Ofen und erzählte eben dem gemächlichen Wirte umständlich vom neuesten Diebstahl, als ein fremder Mann einkehrte, der sich sogleich als einen wandernden Bergmann zu erkennen gab. Der Fremde war noch nicht alt, und sprach und fragte daher anfangs nur bescheiden, gab aber zu verstehen, daß es wohl Mittel geben möchte, die Sache bald zu entdecken, wenn man seinem Rate folgen wolle. Durch diese Winke wurde die Neugier anwesender Bauern, die unten von der Ebene, einige Meilen her, zur steilgelegenen Bergstadt mit Korn herauf gekommen waren, gewaltig gereizt. Kunz, der sich in dieser Gesellschaft für den klügsten hielt, ward still und einsylbig, um zu vernehmen, worauf die Erfindung, oder das Mittel, den Dieb zu entdecken, hinaus laufen würde.

Man legt, sagte der Fremde, einen Bann, über welchen der Dieb, wenn er die Gegend betritt, nicht wieder hinaus kann, und so muß er sogleich nach Aufgang der Sonne entdeckt werden.

Und woraus, fragte der Bauer Andres, der der vorwitzigste war, wird ein solches Band gemacht?

Kunz lachte laut und mit Verachtung, indem er sagte: Bauerntölpel, sprecht doch nicht mit, wenn von Kunst und Wissenschaft die Rede ist, bleibt bei Eurem Stroh und Hexel, denn das könnt Ihr besser handhaben. Fahrt fort, unterrichteter Mann, setzte er hinzu, sich mit verdächtiger Freundlichkeit an den Fremden wendend, wie meint Ihr, daß ein solcher Bann oder Fluch beschaffen sein müsse, damit er seine Wirkung nicht verfehlen könne?

Der Fremde, dessen blasses Gesicht sonderbar gegen den starken braunen Kunz, den feisten Wirt und die aufgedunsenen Physiognomien der Bauern abstach, sagte mit etwas gedämpfter Stimme: Eibenzweige, die im Neumond geschnitten und geschält werden, dann im ersten Viertel mit Wolfsmilch und Schierling abgekocht, die ebenfalls in derselben Nacht gesucht werden müssen, werden, indem man einige Sprüche sagt, die ich kenne, in die Erde, in gewissen Entfernungen um den Ort gesteckt, in welchem der Raub geschieht, und der Dieb, sei er so frech, als er immer wolle, wisse er auch Bannsprüche und Losungen, kann aus diesem Distrikt nicht wieder entfliehen, sondern steht in Angst und Zittern, bis ihn am Morgen die finden, die den Zauber gelegt haben. Dies habe ich oft in Ungarn und Siebenbürgen ausüben sehen, und es ist jedesmal gelungen.

Kunz wollte antworten, aber der vorwitzige Andres rief dazwischen: Mein Großvater, der Schmidt, hatte einen Fluch mit Abracadabra, das rückwärts und vorwärts gesprochen wurde, und dazu einige Bibelsprüche, wenn er die Worte sagte, so mußte jeder Dieb, wie er im Walde, auf der Landstraße, oder im Felde war, gleich mitten im Laufen, oder wenn er auf einem Pferde ritt, in Angst und Bangigkeit still stehen, so daß ihn dann die Kinder greifen konnten, wenn sie mochten.

Kunz sah den Bauer mit unbeschreiblicher Verachtung an, worauf er sich mit zweideutiger Höflichkeit zum fremden Bergmann wendete: Ihr seid, sagte er, ein Mann von Erfahrung und Kenntniß, wie es scheint, indessen möchte hier Euer gut gemeinter Rat wohl keine Annahme finden. Denn erstlich wird der Alte vom Berge hier sich niemals mit dergleichen Zaubersegen einlassen, weil er allen Aberglauben, sogar den frommen und nötigen, haßt, wie vielmehr einen solchen, der ihm als ganz verrucht erscheinen muß. Dann wißt Ihr ja auch nicht einmal, auf welche Art der Diebstahl vor sich geht, um die gehörigen Maßregeln zu treffen.

Wie so? fragte der Fremde, halb verlegen und halb neugierig.

Habt Ihr nie, fuhr Kunz fort, von jenen wunderbaren Menschen gehört, oder gelesen, oder ist Euch, da Ihr ein so vielgewanderter Mann seid, keiner persönlich aufgestoßen, die mit den Augen durch ein Brett, durch Dielen und Keller, oder tief in den Erdboden und Gebirge hinein sehen können?

In Spanien, sagte der Fremde, soll es dergleichen geben, die auch ohne Wünschelrute Schätze und Metalle mit ihren leiblichen Augen finden können, wenn die Dinge auch noch so tief unter Felsen oder Wäldern liegen.

Ganz recht, fuhr Kunz fort, Zahori oder Zahuri werden sie genannt, wie ich mir habe erzählen lassen, die es mit ihrer Kraft und Wissenschaft so weit gebracht haben. Nur weiß man nicht, ob einer es vom andern lernen kann, ob es Naturgabe ist, oder von einem Bündniß mit dem Bösen herrührt.

Gewiß vom Teufel, fuhr Andres dazwischen, der sein Gesicht immer näher geschoben hatte.

Mit Euch, Bauersmann, sagte Kunz, spreche ich gar nicht, Ihr tätet besser, Euch hinter den Ofen zu setzen, wo Ihr hingehört, wenn von Wissenschaft die Rede ist.

Andres brummte und setzte sich erboßt etwas zurück, worauf Kunz fortfuhr: Seht, Mann, die Kunst ist aber in vielen Gegenden nicht die einzige, oder beste, so vorteilhaft sie auch sein mochte, um die Adern der Erde, oder gar Gold und Silber zu entdecken. Viel bedeutender und gefährlicher sind aber jene Menschen, die in ihren Augen eine Kraft haben, dem Andern Böses zu tun, ihm mit einem einzigen Blick eine Krankheit, Fieber, Gelbsucht, Verrücktheit, wohl gar den Tod anzuwerfen. Die Besseren und Frommeren unter diesen tragen darum freiwillig das eine Auge verbunden, denn oft ist die Gewalt nur auf einer Seite, um so, ohne ihren Nebenmenschen zu schaden, mit ihnen handeln und wandeln zu können.

Von diesen habe ich nie gehört, erwiederte der Fremde.

Das nimmt mich doch Wunder, fuhr der Bergmann mit der größten Ruhe fort, denn da Ihr von Ungarn kommt, wohl gar dort geboren seid, wo Ihr einen solchen Ueberfluß an Vampyren, oder blutsaugenden Leichen besitzt, so viele Kobolde und Bergmännlein, Zwerge und Unterirdische, die sich oft sogar am hellen Tage sehen lassen, da, dachte ich, wären alle Hexenkünste im schönsten Gange und offenbar.

Nein, antwortete der Wandersmann, von diesen Curiositäten habe ich bis dato noch nichts erfahren, so viel ich auch gesehn und selbst erlebt habe, das andern, die nicht so weit herum kamen, merkwürdig genug scheinen mag.

Nun also, nahm Kunz wieder das Wort, hat es der sogenannte Zahuri erst so weit gebracht, daß er mit seinem bloßen Auge, statt die Schätze ruhig zu sehen, die unter ihm liegen, jemand krank machen, oder umbringen kann, so hat er nur noch einen Schritt weiter, um in seiner Kunst vollkommen und Meister zu werden. Seht, guter fremder Mensch, hat er so das Letzte gelernt, so setzt er sich vor die Bratenschüssel, wenn sie verdeckt und zugemacht noch auf dem Ofen steht und frißt Euch, ohne daß es ein Mensch merken kann, nur mit den Augen die Gans, oder den Hasen, oder was es nur sein mag, so rein und sauber in sich hinein, daß, wenn er es so will, auch kein Gebeinchen übrig bleibt. Setzt ihm Nüsse vor, oder Melonen, so speiset er, ohne daß die Schaalen nur angeritzt werden, Kern und Fleisch vollständig heraus und läßt die Hülsen, als wenn alles noch darin wäre, unbeschädigt zurück. Er ist satt, kein Mensch kann es ihm beweisen, oder nur argwohnen, und die andern haben das leere Nachsehn.

Teufel noch einmal, rief Andres, das ließ' ich mir gefallen, wenn ich die Kunst lernen könnte.

Ein solcher Künstler, fuhr der alte Bergmann fort, kann aber noch viel weiter kommen, denn dergleichen wäre am Ende doch nur Spaß. Ist er aber auf jemand böse, so kann er ihm eben so mit einem Blick das Herz aus dem Leibe, wie das Geld aus der Tasche nehmen. Der Gegner, den er verfolgt, muß schmählich und schmerzhaft sterben, und der andere verarmen, indeß er selber so reich wird, wie er nur immer will.

Appetitliche Sachen! rief Andres unbewußt aus, so sehr war er von diesen Vorstellungen hingerissen.

Kunz wendete ihm den Rücken, indem er sich näher zum Bergmann setzte, und sagte dann: Wenn wir nur nicht den Pöbel hier so nahe bei uns hätten, so könnte ich Euch die Sache mit mehr Seelenruhe erzählen. Es ist nehmlich so. Ist der Zahuri nun vom Lehrburschen oder Pochjungen zum Gesellen, dann zum Meister oder Steiger avancirt, seht, so setzt er sich in seiner Stube hin, hier oben in der Schenke, oder wo es sei, denkt an das Magazin unsers Alten vom Berge, oder an den Hafen in London, oder nach Spanien hinunter, wo er weiß, daß beim Bankier, Juwelier oder Schiffsherrn Kostbarkeiten liegen, und so wie er sie mit den Augen denkt, hat er sie auch vor sich, und keiner weiß darum und kann es hindern. Eben so kann er sie auch sogleich mit seinem bloßen Willen schon von dem Orte, an dem er sie nimmt, nach Spanien oder Calkutt, oder wohin immer versenden, und sich die Bezahlung dafür schicken lassen. Wenn also ein solcher Mann hier in der Nähe lebt, oder selbst in Amerika, und ihm beliebt es, das Magazin durch diese Kunst zu berauben, so begreift Ihr wohl mit Eurer simpeln Vernunft, daß da Eure abgeschälten und abgekochten Stäbchen so wenig helfen können, als eine gut eingerührte Milchsuppe etwa eine Cur gegen ein Erdbeben abgeben könnte.

Der Fremde hatte Verstand genug, um einzusehen, daß man ihn närrte, die Bauern aber, wenn sie auch nicht alles verstanden, verschlangen diese widersinnigen Berichte. Kunz labte sich an seiner Ueberlegenheit und fuhr fort: Seht, Mann, wenn es nicht dergleichen Tausendkünstler gäbe, wo sollte wohl alle die Contrebande herkommen, die in allen Ländern gemacht wird? Darum helfen alle Anstalten dagegen so wenig, so strenge sie auch immer sein mögen. Die Kunst zu erlernen mag freilich ziemlich beschwerlich sein, und darum dringen auch wohl nur sehr Wenige bis zur Meisterschaft durch.

Wunderlich, antwortete der Fremde, ist alles, was Ihr mir da vorgetragen habt, und unser Diskurs beschlösse sich vielleicht am anmutigsten damit, daß ich behauptete, ich sei ein solcher Künstler. Indessen würdet Ihr gleich Proben meiner Wissenschaft verlangen, und damit möchte es denn allerdings etwas hapern. Indessen, mag es nun Ernst oder Spaß sein, was Ihr mir erzähltet, so gibt es doch gewiß, was kein Vernünftiger bestreiten wird, vieles Unbegreifliche und Wunderbare in der Welt.

Kunz, der indessen am starken Bier sich gelabt hatte, und meinte, er habe einen vollständigen Sieg über den Unbekannten davon getragen, ward über diese Gegenrede empfindlich, und um so mehr, weil die Bauern, die dem Gespräch zugehört, nicht im Staude waren, die Rolle der Schiedsrichter zu übernehmen.

Ei was! rief er jetzt aus, Ihr scheint mir einer von denen, die noch kaum wissen, was wunderbar, oder was natürlich ist. Habt Ihr Geister mit Augen gesehn, so wie ich? Habt Ihr mit Kobolden Gespräche gepflogen, mit den Kleinen, die da oben bei unserm Gebirgsherrn aus- und eingehen? Habt Ihr Erze und Edelsteine wachsen sehn oder Gold- und Silberbäume sich lebendig und fortwuchernd bewegen?

Glaubt Ihr denn, fragte der Fremde, daß die Gesteine entstehen und vergehen, daß die Erze anschießen und sich fortpflanzen? denkt Ihr Euch denn die unterirdischen Lager wie ein fortwucherndes Kartoffelnfeld?

Mich gehn Kartoffeln und alles solches Gezüchte nichts an, rief der ergrimmte Kunz, dem es ganz etwas Neues war, sich von einem unbekannten, und, wie es ihm schien, unbedeutenden Menschen hofmeistern zu hören: – daß aber Leben und Weben in den Erzen und Gebirgen ist, versteht sich von selbst, daß sie wachsen und vergehn, und daß, wie hier oben Sonne und Mond scheint, Regen und Nebel ist, Frost und Hitze, so da drunten Brodem und Wetter, die einschlagen und ausfahren und da im Finstern unsichtbar kochen und sich gestalten. So ein Wetter sikert wie Nebel ein, nun tropft es herab und wird mit den Qualitäten der Berge und des Unterreichs verschwistert, und wie dann der Qualm geht und sich richtet, so erzeugt er Erz, oder Gestein, verquickt sich in Silber oder Gold oder rennt als anschießendes und zersprengtes Eisen und Kupfer durch die fernen und nahen Adern hin.

Also, so weit seid Ihr hier noch zurück? fragte der Fremde mit allen Zeichen des Erstaunens. O mein Lieber, laßt Euch dienen, seit der Schöpfung, oder wenigstens seit der Sündflut ist Berg, Stein, Fels, Erz und Juwel unabänderlich in sich selbst verschlossen. Wir graben und schaufeln von oben hinein, und geraten kaum, wenn wir auch noch so tief gelangen, unter die oberste Haut der Warze, wie das Gebirge im Verhältniß zur Erde ist, wie ein Stückchen Nagel zum Menschen. So weit wir kommen können, reuten wir, insofern wir ihn bedürfen, diesen uralten Vorrat aus, und es wächst nichts nach, weder Steinkohle noch Diamant, weder Kupfer noch Blei; und wie Ihr Euch es vorstellt, ist es ein bloßer Aberglaube. In Afrika, so erzählt man das Geschichtchen, fand man in einer Sandgrube von Zeit zu Zeit kleine Goldkörnchen, die dem armen schwarzen Könige als dessen Eigentum ausgeliefert werden mußten. Damit kaufte er denn von den Ausländern mancherlei. Plötzlich entdeckte man etwas tiefer zwei bedeutende Kloben massiven gediegenen Goldes. Die Sklaven brachten mit Entzücken ihrem schwarzen Herrn den Ertrag, der mehr war, als sie seit zehn Jahren gefunden hatten, und meinten, wie sehr sich der Armselige freuen müsse, so plötzlich reich zu werden. Aber sie irrten sich. Der weise alte Mensch sagte: Seht, Freunde, diese Stücke sind Vater und Mutter jener Goldkinderchen, die wir seit langen Zeiten immer gefunden haben, tragt sie ja sogleich wieder an Ort und Stelle, damit sie fortfahren können, neue Brut zu erzeugen. Geschähe dies nicht so hätten wir für den Augenblick großen Vorteil, verlören aber den dauernden Nutzen für alle Folgezeit. Der Mohr war aberwitzig; nicht wahr?

Nichts weniger, als das, schrie Kunz immer zorniger; nicht Unrecht hatte er, das Geheimnis zu schonen, wenn wir gleich, als Bergleute, die Sache nicht so, wie er, ansehen können. Das Gediegene ist auch gewachsen, aber ob es nicht in seiner Nähe die anschießenden und sich bildenden Erzteile ermuntert und befördert, können wir alle nicht wissen.

Ich sage Euch aber, fuhr der Fremde fort, dies sich Fortbilden und Wachsen, aus sich selbst und in die Atmosphäre hinein und als Wurzel in die Erde hinab, ist nur die Natur der Pflanzen. Der Stein ruht in sich, das Gewächs nimmt Licht, Wärme und Wasser in sich auf, und modifizirt die Erdteile, in denen es begründet ist, um sich zu entwickeln. Das Tier springt vom Elemente fort, und bewegt sich doch in ihm, seine Wurzel in seinen Eingeweiden mit sich herumtragend.

Nein! nein! schrie Kunz immer heftiger: Dadurch wird mir ja die Welt, und vollends meine herrlichen Berge, die glänzenden, unterirdischen Kammern nur in Stapelplätze, schlimmer als von Holz, in klägliche Schuppen und Waarenlager verwandelt. Was hätten denn die Geisterzwerge und der mächtige Berggeist, und alle die Kobolde und Elfenkäuzchen, und das Geschwirre von Gnomen da unten zu tun, die doch immerdar, manche geschickt, manche tölpisch, Hand an das Werk legen? Und die Wasser? Und die Dämpfe? O ihr Taub- und Blindgebornen, die ihr nicht schauen und begreifen wollt, was doch viel leichter zu fassen ist, als eure todte, abgestorbene Welt. Kann das Leben und das Erzeugen irgendwo aufhören, so ist es auch an euren Stellen, wo ihr das Lebendige seht, nur Schein und Lüge. Das Feste lebt, aber auf andere Art. Und wenn es mal Atem holt, und der alte Riese in Langeweile seine Beine streckt und etwas anders legen will, so schreit ihr denn doch in eurem Jammer über Erdbeben, wenn euch die gemauerten Hütten zur Abwechslung nachlaufen, und die Türme in eure Taschen und Pantoffeln fallen.

Wunderlicher Mann, sagte der Fremde, der Ihr viel zu hitzig seid, um Raison anzunehmen. Die Wissenschaft sollte uns doch lieber, als unsere Vorurteile sein. Wir schaffen die Natur ja nicht, sondern sie ist nun einmal da, und uns hingelegt, um sie zu betrachten und aus ihr zu lernen.

Natur, sagte der Bergmann, das ist auch so ein dummes Wort! Mein Bergwerk gehört nicht zur Natur, das ist mein Berg. In ihm versteh' ich Alles, von eurer Natur weiß ich gar nichts. Als wenn ein Schneider, der ein Kleid zurichten sollte, immer nur von Wolle, oder den englischen Schaafen reden wollte. Aber dahin haben es die Menschen schon gebracht, daß sie nichts mehr als das ansehn können, was es ist, sondern nur ein Allgemeines suchen, woran sie es binden und erwürgen mögen. Ich habe, was sagt Ihr dazu? einmal einen ungarischen Menschen gesprochen, Euren Landsmann, aber klüger war er, als Ihr; der erzählte mir, wie eine Weinrebe, ich glaube nicht weit von Tokay, die auf einem Gang von Golderz muß gestanden haben, in das Holz der Rebe goldene Verzweigungen und Adern aufnahm. Er zeigte mir ein Stück der Rebe, an der ich noch den hineingewachsenen Goldschimmer genau sehn und unterscheiden konnte. Er schwur mir, in einigen der großen und saftigen Weinbeeren wären einige Körner derselben von gediegenem Golde gewesen.

Nun seht einmal, erwiederte der Fremde: Kann man mehr verlangen? Nicht nur als Mineral wächst also das Gold, sondern sogar als Pflanze. Ich weiß aber doch noch eine bessere Geschichte. Nicht weit von Cremnitz waren einmal bei feuchtem Wetter in dem dortigen steinigen Erdreich einige Dukaten verloren worden. So viel man auch suchte, konnte man sie nicht wieder finden. Sie mußten zwischen Steinlöchern und Schutt weit hinab gefallen sein. Was geschieht? Nach einigen Jahren, kein Mensch, auch der Eigentümer denkt mehr an den Verlust, sieht man eine ganz fremde Staude, die kein Mensch in der Gegend kennt. Sie blüht wunderbar schön und setzt nachher kleine Schoten an. Die Schote fasert sich bald nachher wie die Hülse der Judenkirsche: und, wie man das Ding näher betrachtet, ist in jedem Felle ein neuer blanker Cremnitzer Dukaten. Wohl fünfzig waren reif geworden, etliche, die der Nachtfrost getroffen hatte, kaum wie dünner Goldschaum. Und das wunderlichste: die Dukaten hatten jedesmal (denn man hütete sich wohl, das schöne Unkraut auszurotten) die neueste Jahrzahl, in welchem Jahr sie waren gezeitigt worden. Nachher hat man gewünscht, wenn es nur irgend möglich wäre, den Zweig eines Baumes, der vielleicht Portugaleser trüge, auf diesen einträglichen Strauch zu pfropfen, um dadurch die Frucht zu veredeln.

Selbst die Bauern lachten, da sie diesen Spaß zu verstehen glaubten, Kunz aber sah ihn zwar auch ein, mißverstand ihn aber in so fern, daß er kein Wort erwiederte, sondern, vom Getränk und Zorn berauscht, nur die Faust erhob, und sie so stark in das Angesicht des Erzählenden warf, daß dieser sogleich vom Schemel zu Boden stürzte und ein Blutstrom ihm aus Mund und Nase rann. Der Fremde besann sich und wollte, obgleich er offenbar der Schwächere war, seine Rache nehmen, aber die Bauern warfen sich dazwischen, und vermittelten, für den Augenblick wenigstens, den Frieden. Es war um so leichter, als wandernde Bergmusikanten mit ihren Instrumenten in die Schenke traten, die der berauschte Kunz sogleich in seinen Sold nahm. So sehr Wirt und Wirtin widersprachen, so mußten sie dennoch erst Lieder und dann Tänze aufspielen, und Kunz nahm die Ermahnungen und Erinnerungen, daß man die Musik bis in das sogenannte Schloß hinauf hören könne, nicht an. Was kümmert mich, schrie er, der Alte vom Berge da droben! Er kann sein böses Gewissen auch einmal etwas in den Schlummer singen lassen! Er tanzte erst allein, dann mit der Wirtin, und da der Tumult einmal lebendig war, fanden sich noch einige Männer und Mädchen, die an dem so unvermuteten Freiball Teil nehmen wollten. Nur als die jüngsten der Bauern sich auch in die Reihe stellten, sprang Kunz plötzlich auf sie zu, schob sie ungestüm zurück und gebot herrisch den Musikanten zu schweigen.

Wann sich Pöbel und Gesindel unter die Menschen mengt, rief er aus, so muß sich unser eins wieder davon machen. Aber, das sag' ich euch, wer sich von euch jetzt rührt, oder nur mukst, dem brech' ich Arm und Bein.

Die Bauern, die sich vor dem Betrunkenen zu fürchten schienen, oder ihn vielleicht nur nicht noch mehr aufreizen wollten, zogen sich an ihren Tisch zurück. Kunz setzte sich, nach allen seinen erfochtenen Siegen, mit einer majestätischen Miene wieder in seinen Lehnstuhl und schaute mit ausfordernden Blicken umher. Da keiner zu reden anfing, sagte er mit lauter Stimme: Seht, Bergleute, ich bin einer der ältesten Männer hier oben vom Gewerk; schaut, Cameraden, und ihr Lumpengesindel da, Wirt und Bauern meine ich, diese Taler hat mein Fürst und Herr in unserer Grube gewonnen! – Er warf eine Hand voll Silber auf den Tisch. – Und so alt ich bin, Männer, (ich bin hier oben aufgewachsen) bin ich doch noch niemals unten in das Feld und die Täler hinab gekrochen. Ich kann mich rühmen, und das ist gewiß eine Seltenheit, ich habe noch niemals das Getreide auf dem Felde, noch niemals das Korn in dem erbärmlichen Stroh in seinem Wachstum und seiner Reife gesehn. Wir arbeiten in Silber und Gold, sind groß im Geheimnis und der Wissenschaft, hauen, amalgamiren, schmelzen – und die armen Lumpen da müssen mit ekelhaftem Mist, wie man mir erzählt hat, vertraut umgehn, den Gestank auf ihre Felder führen und ausbreiten, und darum kommen die Schmutzkittel mir auch mit Recht als unehrlich und verächtlich vor, wenigstens ein Bergmann sollte ihnen niemals die Hand reichen, oder mit ihnen aus einem Kruge trinken. Ich will auch mit Ehren sterben, so wie ich alt geworden bin, ohne jemals zu den Strohdächern oder Dreschscheuern hinab zu kommen; ich habe mich vier und fünfzig Jahr vor der Schande bewahrt, und der Himmel wird mich auch ferner behüten.

So schwatzte er noch, bis er endlich betäubt und ermüdet einschlief. Die Bauern, die sich jetzt empfindlicher noch als vorher beleidigt fühlten, hatten mehr wie einmal mit bedeutenden Blicken auf ihre Knittel gesehn. In dieser Stimmung hörten sie um so lieber auf den Rat des Fremden, der sich indes gewaschen hatte, den Hochmütigen, da er so fest schlief und wie in Betäubung war, auf einen der Wagen zu laden, unten im Grunde in ein Kornfeld abzusetzen, damit er dort von seinem Rausch erwachen könne. Es konnte um so leichter geschehen, da die bezahlten Musikanten sich schon wieder entfernt hatten, und der Wirt in der Küche beschäftigt war.

In der Einsamkeit des Waldes, wo die Eisenhütten arbeiteten, wo unter finstern Felsen, in der Nähe des Wassersturzes das Gelärm und Hämmern der Arbeiter weit hin, wetteifernd mit dem Rauschen der Wogen, tönte, war am Abend Eduard mit dem Inspektor des Bergwerkes zusammengetroffen, um mit diesem einige wichtige Geschäfte zu bereden und ihm Aufträge des Fabrikherrn mitzuteilen. Das Feuer leuchtete aus den hohen Oefen wunderlich in die Dämmerung hinein, die hellere Glut des halbflüssigen Eisens, die tausend blendenden Funken, die vom Amboss unter den Hämmern der rüstigen Arbeiter ausstäubten, die Bewegung der dunkeln Gestalten in der weiten Bretterhütte, in welche der Baumstamm grünend hineingewachsen war, und im Winkel über dem Blasebalge schwebte, dieses wunderliche Nachtstück zog Eduards ganze Aufmerksamkeit an sich, als unter den Arbeitern ein lautes Gespräch und Gelächter entstand. Ein Fremder hatte ihnen so eben erzählt, was einige Bauern gestern mit dem betrunkenen Kunz vorgenommen hatten, und wie dieser heut Morgen zu seinem größten Ärger mitten in einem Kornfelde aufgewacht sei. Die Sache schien allen so wichtig, daß die Arbeit auf einige Zeit still stehen durfte.

Das gönn' ich, rief einer der breitgeschulterten Schmiedegesellen, dem hochmütigen Kauz! Der unerträglichste und gröbste Bergmann von allen weit in der Runde! Der alles besser weiß und der klügste ist!

Wie wütend und unsinnig soll er herumlaufen, fuhr ein Erzählender fort, denn nun ist das, worauf er am hochmütigsten war, aus und vorbei; er hat nicht nur das Korn sehen müssen, wie es auf dem Felde wächst, er hat mitten darin gelegen.

Eduard wendete sich zu diesem und fragte: Michel, Ihr seid schon wieder ganz gesund, daß Ihr so im Freien umgeht?

Ja, Herr, erwiederte der Schmidt, Dank Euch und dem alten Herrn da droben. Das Auge ist weg, das versteht sich, muss doch mancher von uns mit dem einen arbeiten können.

Der Eisenfunke, der es mir ausbrannte, konnte noch größer sein. Schmerzen hat es gegeben, das ist natürlich, aber mit Gottes Hülfe bin ich doch wieder ein gesunder Kerl geworden. Herr Balthasar hat freilich viel dabei geholfen, und seiner Pflege, Milde und Beisteuer habe ich sehr vieles zu danken. Und so wir alle, die wir ihm angehören.

Ein anderer Einäugiger fiel in diese Lobsprüche ein und fügte hinzu: Es trifft sich, daß einer und der andere von uns so verstümmelt wird, denn mit dem Feuer ist nicht zu spaßen, aber wir sind von Gott durch unsern Alten gesegnet, denn wenn auch einer von uns ganz blind werden sollte, so würde der uns doch nicht verschmachten lassen.

Die Arbeiter waren wieder an den Amboss getreten und Eduard hatte nicht bemerkt, daß Eliesar, mit einem Fremden sprechend, in die Hütte gekommen war. Dieser war jener reisende Bergmann, der die Veranlassung gegeben hatte, den alten Kunz auf eine Art zu demütigen, die diesem von allen Kränkungen die empfindlichste war. Eliesar stritt heftig und meinte, es sei gottlos, einen alten Mann auf diese Art zum Zorn, ja zur Verzweiflung zu reizen, denn er hatte gehört, daß Kunz wie ein Unsinniger durch die Berge liefe, und weder Rat noch Trost annehmen wolle. Der Fremde entschuldigte und verteidigte sich, so gut er konnte, und während die Hämmer tobten, der Blasebalg sauste und die Wasser rauschten, verhallte dieser Wortwechsel und wurde nur etwas vernehmlicher, als der wütende Kunz selber, schreiend, mit aufgelaufenem Gesicht und glühenden Augen zu den Streitenden trat. Meine Ehre! meine große Bergmanns-Ehre! so schrie er, mein Ruhm und mein Stolz, alles ist dahin, unwiderbringlich und auf ewig! Und von nichtswürdigen Bauern, von einem elenden, blassgelben, schmalschultrigen fremden Hungerleider bin ich darum gebracht! Im ganzen Gebirge hier, auch in vielen andern gewiss konnte kein Häuer und Steiger sich berühmen, daß er in seinem Leben nicht in die lumpige Ebene hinunter gekommen war. Im Stroh bin ich aufgewacht, im Korne, so haben es die Spitzbuben abgekartet! Die Ähren stachen mir in Nase und Augen, als ich mich besann, das struppige, jämmerliche Zeug, das ich nur in meinem Bett als Strohsack bis dahin gesehn hatte. Schimpf und Schande! Mord und Brand ist nicht so abscheulich! Und kein Gesetz dagegen, keine Hülfe, kein Menschenverstand in der ganzen weiten Welt!

Die Übrigen hatten genug zu tun, den alten kräftigen Mann von dem schwächlichen Fremden zurück zu reißen, an dem er persönlich seine Rache nehmen wollte.

Da Kunz auf diesem Wege keine Genugtuung erhalten konnte, setzte er sich in einem Winkel der Hütte auf den Boden nieder, und da jetzt Feierabend gemacht wurde, so lagerten sich die Schmiedeknechte um ihn her, einige tröstend, andere ihn verspottend. Beruhigt Euch, rief der Einäugige, die ganze Sache ist ja Kinderei. Wenn das Feuer Euch das Auge ausgebrannt hätte, wenn Ihr die unsäglichen Schmerzen hättet leiden müssen, im Gehirn, und die schlaflosen fieberhaften Nächte überstehn, dann könntet Ihr Euch beklagen, aber so ist die Sache ja nur Kleinigkeit und Einbildung.

Wie Ihr's versteht! rief Kunz; einfältiges Gewäsch kann jeder treiben und reden. Daß Ihr das Auge in Eurem Beruf verloren habt, ist Euch eine Ehre und Ihr könnt stolz darauf sein und Euch damit berühmen: – aber daß sie mich da unten zwischen ihren Mist hinstecken, daß ich da wie eine Garbe, oder ein Bund Heu liegen muss, – das sind drei oder mehr Nägel zu meinem Sarge. Kunz! Kunz! Einfaltspinsel! Strohsack! so war's mir, als wenn's rund um mich her riefe. Kenn' ich doch nun den elenden, kläglichen Acker, auf dem die lumpigen Bauern sich ihr Brot erziehen müssen. Jämmerlich sieht's da unten aus, und man hört keinen Hammerschlag, kein Wasser, nicht einmal einen Pochjungen. Wie an der Welt Ende ist es da beschaffen, und ich habe mir das Getreideland und die Fläche, wo die meisten Menschen wohnen müssen, doch nicht so ganz verächtlich vorgestellt.

So stritt und sprach man hin und her, und um eine andere Rede aufzubringen, wurde von den großen Diebereien erzählt, die der Herr des Gebirges, oder der Alte vom Berge, auf so unbegreifliche Art nicht störe, und so wenig oder gar nichts dazu tue, den Räuber zu entdecken, da die Verluste, so reich der Fabrikherr auch sein möge, doch bis zu großen Summen steigen müssten. Der fremde Bergmann sprach wieder von seinen Kunststücken, den Dieb auf sichere Weise zu fangen, und Kunz, der sich der Gespräche erinnerte, drohte nur stillschweigend mit der Faust.

Eliesar schien auf die sonderbaren Vorstellungen einzugehn, er freute sich mit gemeiner Lustigkeit, des Diebes endlich auf diese Weise habhaft werden zu können. Indem ihn Eduard in der Dämmerung der Hütte betrachtete und das Gesicht sah, dessen braune und gelbe Formen vom glimmenden Feuer ungewiss beleuchtet wurden, glaubte er, daß ihm dieser widerwärtige und ihm feindselige Mann noch niemals so häßlich erschienen sei: ein geheimes Grauen überschlich ihn, indem er an Röschen dachte und daß dieser Mensch der Vertraute und Busenfreund eines Mannes sei, den er verehren musste, wenn gleich dessen Schwächen und Seltsamkeiten gegen seine Tugenden einen grellen Abstich machten.

Die Schmiede hörten dem Gespräch mit Aufmerksamkeit zu, sie glaubten dem Fremden, doch brachte jeder ein anderes abergläubisches Mittel in Vorschlag, zu welchem der Sprechende jedesmal noch ein größeres Zutrauen hatte. Eduard ward, so viel Widerwillen ihm auch das Geschwätz erregte, doch, ohne es fast zu bemerken, in diesem Kreise festgehalten. Gespenstergeschichten wurden erzählt, man sprach vom wilden Jäger, den viele gesehn haben wollten, von Berggeistern und Kobolden, dann kam man auf Vorzeichen und Orakel, und das Gespräch wurde immer lebendiger, die Erzählenden immer eifriger, so wie die Hörenden aufmerksamer.

Kobolde, sagte Michel, gibt es, denn ich bin selber vor zehn Jahren mit einem gut bekannt gewesen, mit dem es sich auch ganz leidlich umgehn lies. Der Knirps hat mir auch damals vorher gesagt, daß ich um diese Zeit das rechte Auge einbüßen würde.

Was war das für ein Kerl? rief ein andrer Schmiedegesell; und warum hast Du uns das noch niemals erzählt?

Als ich in der Bergstadt, sagte Michel, fünf Meilen von hier, meine Lehrjahre überstanden hatte, und nun zum alten Meister Berenger in die Hütte kam, wurde ich denn, wie das jedem jungen Kerl geschieht, von den andern Gesellen im Anfang gehänselt und zum Narren gehalten. Wenn ich nicht mehr lachte und es verdross mich, gab es Schlägerei, ich teilte aus und bekam, wie es in solchen Lagen und Verhältnissen nicht anders sein kann. Besonders war mir ein greisbärtiger Schmiedeknecht am meisten aufsässig und zuwider, ein riesenhafter Kerl und dabei klug, der so spitzig reden konnte, daß man sich wohl ärgern musste, wenn man es sich auch beim Morgensegen noch so fest vorgenommen und eingeprägt hatte, daß einem die Galle gewiss nicht überlaufen sollte. In meiner Drangsal weinte ich oft vor Bosheit, denn in der Stadt hatte ich mich klug gedünkt, und manchem war vor meinem losen Maule bange gewesen. Als ich mal in der Nacht recht bedrängt und traurig war, ich lag da drüben auf dem Knorrenberge ganz allein in einem kleinen Stübchen, im Hause wohnte nur noch eine steinalte Frau, – so hörte ich plötzlich neben mir gehn und rascheln. Ich machte den Fensterladen etwas auf, der mir zu Kopfen war, und wie der helle Mond so ein wenig hinein schien, sah ich ein kleines Wesen, das mir die Schuh abbürstete. Wer bist Du? fragte ich die Krabbe, denn er sah fast wie ein Bürschchen von eilf Jahren aus. – Still! sagte der Kleine und bürstete eifrig fort, ich bin ja der gute Camerad, der Silly. – Silly? fragte ich, den kenn' ich nicht. – Frau kennt ihn, Ursel kennt ihn, sagte der Kleine und stellte die Schuh auf den Boden. – Lass meine Sachen liegen! rief ich. – Rein machen, abstäuben, sauber fegen, antwortete mir das Getier, und machte sich an meinen Sonntagshut. – Spektakel und kein Ende! gab ich wieder zur Antwort, putze Deine eigene Nase. Er lachte und tat gar nicht, als wenn ich in meiner eigenen Stube was zu befehlen hätte. – Fürchtest Dich, kicherte er dann, vor dem großen Ulrich. Nicht Not zu fürchten. Frage ihn morgen, wenn er wieder anfängt, wo er den braunen Brandfleck oben auf dem Kopf über der rechten Augenbraue her hat, dann wird er wie ein Lamm. – Das Gezeug war weg. Ich horchte, nichts da. Den Fensterladen macht' ich wieder zu und schlief ein. Am Morgen war mir, als hätt' ich alles nur geträumt. Aber doch waren meine Schuh sauber und mein Hut abgebürstet. Ich fragte endlich die alte taube Ursel nach dem unbekannten Burschen. Es dauerte lange, ehe ich ihr deutlich machen konnte, was ich wollte. Ach! schrie sie endlich, ist das kleine Bürschle bei Dir gewesen! Nu, nu, viel Glücks, mein großer Junge. Das Dingelchen schadet keinem, und bringt jedem Glück, mit dem es sich einläßt. Ich kenn' ihn schon an die vierzig Jahr. Er geht herum in die Häuser, wo ihm die Menschen gefallen, und hilft ihnen in der Haushaltung, bald dies, bald jenes. Alles rein machen, das ist seine liebste Beschäftigung. Staub kann er nicht leiden, schmutzige, russige Töpfe und Küchengeschirr sind ihm zuwider, da scheuert er denn oft aus Leibeskräften. Blanke Messingsachen, glänzendes Kupfergeschirr, darin ist er ganz vernarrt, auch zinnerne Teller hat er gern. Manchmal hat er mir Groschen gebracht, blank und neu, wie aus der Münze. – Aber wer ist das Kraut? schrie ich. – Wer soll das Kindchen sein? sprach sie. Die Leute wollen es Kobold nennen, oder Männle, er selbst schreibt sich Silly, das ist sein Taufname. Aber er ist ein guter freundlicher Geist und darum musst Du ihm ja nichts zu Leide tun, daß er nicht auf Dich böse wird. – Ich hatte von solchen Kerlen gehört, aber nicht daran glauben können. In der Schmiede ging das Necken wieder an, der greise Ulrich machte mich ganz wütig, denn sie hatten nun meine Empfindlichkeit gemerkt und arbeiteten desto lustiger in diese hinein. Ich wollte dem greisbärtigen Schlingel schon das glühende Eisen in seinen schneeweißen Kopf stoßen, als mir Silly einfiel. Und der braune Brandschaden da, sagt' ich, wisst Ihr, Ulrich! So rief ich, ohne was bei zu denken, da wurde der alte Riese so still, zaghaft und fromm, daß ich die Augen weit aufreißen musste. Von dem Augenblicke an war der wilde Mensch mein Freund. Ja er wurde gegen mich so demütig, daß ich bei allen andern dadurch gewann, und von nun an recht hoch am Brette stand. Als wir bekannter mit einander wurden, erzählte er mir im Vertrauen, daß er in der Jugend sich einmal hätte beikommen lassen, mit Hülfe eines Dienstmädchens einen Diebstahl auszuführen. Er hatte sich schon in die Stube geschlichen, in der Meinung, daß alles schliefe. Der Schmidt aber, noch wach, sei ihm mit einem brennenden Span, vom Herde gerissen, entgegen gerannt, und so sei ihm Kopf und Haar versengt worden. Er meinte, daß kein Mensch diese Geschichte wisse, der er sich schäme, und darum bat er mich himmelhoch, sie keinem wieder zu sagen, da er schon nicht begreife, wie ich sie könne erfahren haben. Darin irrte er aber eben, denn ohne ihn selbst hätte ich kein Wort davon gewusst. So ging denn seit dem mein Leben ganz ruhig hin und der Kleine kam immer von Zeit zu Zeit und half mir in meiner Wirtschaft. Bald aber erzürnten wir uns doch. Er war oft so schnell, so unvermutet da, manchmal, wenn ich an nichts weniger dachte, daß ich etliche mal recht von Herzen erschrak. Sagte ich einmal darüber ein Wort, so wurde er sehr böse und meinte, ich sei undankbar, daß ich seine vielfältigen Dienste nicht anerkennen wolle. Nun hatte ich kürlich von einem durchreisenden Engländer gehört, daß der Name meines Koboldes in englischer Sprache »albern« bedeute, und daß man in England ein solches Wesen Puck, oder auch Robin Gut-Fell nenne, und da ich meinem kleinen Gaste dies treuherzig wieder erzählte, ihm auch zugleich, weil er mich wieder erschreckt hatte, eine kleine Schelle anhängen wollte, damit ich ihn immer hören könne, ehe er zu mir käme, so wurde der Geselle aus der Maßen böse und wütig, prophezeite mir, daß ich um die Zeit das Auge verlieren würde, und verschwand mit einem großen Gerumpel. Seit dem habe ich auch den Kauz nicht wieder gesehn.

Windbeutel über alle Windbeutel! rief Kunz, als die Erzählung geendigt war. Mann! könnt Ihr denn nicht den Mund auftun, ohne zu lügen, und kommt doch nun schon in die Jahre? Leute, die eine Zeit lang mit Geistern umgehn, kriegen mehr Verstand. Die Hantierung der wunderlichen Wesen ist mehr mit überirdischen, seltsamen Dingen, und wenn sie zu uns kommen, so kriegt man schon durch den Schreck, ehe man sich ein bisschen an sie gewöhnt hat, etwas Nachdrückliches und Gehaltreiches.

Besonders, rief jener Bergmann erboßt, wenn man eine Nacht im Kartoffelnfelde geschlafen hat.

Daß diese Nacht, fuhr Kunz fort, und diese abscheuliche Begebenheit, diese ehrvergessene Tat eines Landstreichers, mein Tod sein wird, weiß ich so gut, als ihr selber. Lange werd' ich's nicht mehr machen.

Kann sein, sagte der blasse Fremde, indessen wisst Ihr ja immer noch nicht, ob ich nicht selber ein solcher Kobold bin, der Euch von Euren Narrheiten hat kuriren wollen. Um gut Freund mit Euch zu werden, barscher, hochmütiger Mann, dazu gehörte denn freilich, daß Ihr mir etwas leutseliger entgegen kamt. Weisheit, Erfahrung, Seelenstärke teilt sich oft von denen mit, hinter welchen man es am wenigsten sucht. Wenn ihr, meine Herren, aber wissen wollt, wer von allen zuerst sterben wird, so kann dazu bald Rat geschafft werden.

Sie saßen alle im Kreise auf Bänken und Schemeln umher. Der Fremde zog eine blecherne Büchse aus seiner Tasche, indem er fortfuhr: Der kleine brennende Span, den ich anzünden werde, muss schnell von Hand zu Hand gehn, und in wessen Faust er erlischt, der ist von uns der nächste zum Abscheiden. Alle sahen den Fremden erwartungsvoll an. Dieser stieß einen kleinen hölzernen Stecken heftig in die Büchse, indem er etwas murmelte, und zog ihn brennend und flackernd aus dem Gefäße. Eliesar, der nächste, empfing ihn, gab ihn weiter, und so ging das Funken sprühende Stäbchen aus einer Hand in die andre. Es hatte den Kreis gemacht, und kam zu Eliesar zurück, der es ungern annahm und es eben weiter geben wollte, als es hell aufsprühend plötzlich zwischen seinen Fingern erlosch. Narrenpossen! rief er verdrießlich, indem er das Holz auf den Boden warf und zornig aufsprang. Aberglauben über Aberglauben! Und wir sind auch so gutmütig, daß wir uns zu dergleichen Fratzen gebrauchen lassen.

Er sah mit seinen brennenden Augen den Fremden scharf an, schlug ihm dann auf die Schulter und entfernte sich mit ihm. Der Mond war indessen aufgegangen und beschien hell die waldige Felsengegend, die Gesellschaft ging aus einander, und Eduard begab sich auch auf den Rückweg. Als er den einsamen Fußsteig hinauf schritt, hörte er lebhaftes Gespräch, es schien ein Zank zu sein, und als er näher kam, glaubte er Eliesar und den Fremden zu unterscheiden. Er schlug darum einen andern Weg ein, teils, um sie zu vermeiden und nicht in ihrer Gesellschaft zurück gehn zu müssen, teils auch, um nicht den Anschein zu haben, als hätte er ihre Angelegenheit und den Zwist etwa behorchen wollen, denn Eliesar war argwöhnisch und gegen jeden Menschen misstrauisch, obgleich er es sehr übel empfand, wenn man ihm nicht ein unbedingtes Vertrauen erwies.

Im Hause war alles still, und nur Röschen sang mit unterdrückter Stimme, kaum hörbar, ein einfaches Lied in ihrer abgelegenen Stube. Eduard war gerührt, und so heftig, daß er sich selbst über seinen aufgereizten Zustand verwundern mußte. Ehe er einschlief, hatte seine Wehmut so zugenommen, daß er nahe daran war, Tränen zu vergießen.

Nach einigen Tagen bemerkte Eduard jenen Fremden, der eben aus dem Zimmer des Herrn Balthasar kam. Er wunderte sich, was dieser hier habe ausrichten wollen, und fand, als er in das Gemach zum Alten trat, diesen in heftiger und zorniger Bewegung. Immer nur wildes und ungestümes Wesen und abergläubische Fratzen, die die Menschen regieren! rief er dem jungen Manne entgegen; der elende Mensch da, dem Sie begegneten, schleicht sich ein, will ein großes Stück Geld von mir gewinnen, wenn er durch abgeschmackte Anstalten unsern Dieb entdeckt. Er wird mir nicht wieder kommen, der Törichte, denn ich habe endlich einmal meiner Gesinnung Luft geschafft. Das Unerträglichste ist es mir, wenn die Menschen durch willkürlich ersonnene Formeln, oder durch überkommene Ceremonien, die meist aus geschichtlichen Missverständnissen, oder alten Gebräuchen erwachsen sind, die ehemals ganz etwas anders bedeuteten, sich mit dem Wesen, was sie die unsichtbare Welt nennen, in Verbindung setzen wollen, ja wenn sie meinen, dieses, das ihnen doch als ein furchtbares erscheint, dadurch zu beherrschen. Eigentlich sind doch die allermeisten Menschen verrückt, ohne es Wort haben zu wollen: ja die Weisheit von Tausenden ist doch eben auch nur Wahnsinn. Was helfen nun meine Maßregeln?

Es schien, als sei der alte würdige Mann selbst über sein zürnendes Eifern beschämt, denn er fing sogleich an von andern Dingen zu sprechen. Eduard musste sich zu ihm niedersetzen und er ließ ein Frühstück bringen, was sonst niemals seine Sitte war. So können wir heut ungestört mancherlei abmachen, fuhr er dann fort, wozu uns vielleicht an andern Tagen die Zeit mangeln dürfte.

Die Tür war wieder verschlossen, und dem Diener war befohlen, aus keiner Ursach ihr Gespräch zu unterbrechen. – Ich fühle, fing Herr Balthasar dann an, daß ich alt werde, ich muss für die Zukunft denken und sorgen, da ich nicht weiß, ob mir ein langsames Absterben, oder ein plötzlicher, unvermuteter Tod beschieden ist. Treffe ich keine Anordnungen, verscheide ich ohne Testament, so ist jener Verschwender in der Stadt, der die Geliebte meiner Jugend so unglücklich gemacht hat, mein nächster natürlicher Erbe, und der Gedanke ist mir fürchterlich, daß mein großes Vermögen künftig dazu missbraucht werden sollte, um diesen verächtlichen Schlemmer in seinem Wahnsinn zu bestärken. Alle meine Armen, alle die tätigen Hände in dieser Gegend würden wieder verschmachten und zur bettelhaften Trägheit verdammt werden. Es ist eine heilige Pflicht, diesem zuvor zu kommen. – Wie denken Sie, mein junger Freund, über Ihre Zukunft?

Eduard wurde durch diese Anrede in Verlegenheit gesetzt. Er hatte wohl früher schon seine Plane entworfen, er hatte sie sogar dem erfahrenen Alten mitteilen wollen, aber seitdem ihm die reizende Pflegetochter des Hauses in einem andern Lichte erschienen war, seitdem er sich stärker zu ihr hingezogen fühlte, war er nicht mehr so dreist und zuversichtlich. Er war mit sich uneinig, ob er sich verbergen, oder entdecken sollte, denn, so vertraulich ihm Balthasar war, in so vielen Gefühlen und Ansichten erschien er ihm wieder fremd und rätselhaft.

Sie sind nachdenkend, sprach der alte Mann weiter. Sie vertrauen mir nicht genug, weil Sie mich nicht kennen. Ich halte es auch für meine Pflicht, als ein Vater für Sie zu sorgen, Sie sind gut, klug, tätig, mitleidig, Sie sind ganz in die verschiedenen Zweige meines Geschäftes eingeweiht, und ich habe ein Vertrauen zu Ihnen, wie ich es nur zu wenigen Menschen habe fassen können. Ihr Fleiß für mich und meine Anstalt, Ihre Umsicht und Redlichkeit, alles zwingt mich, auch wenn ich keine Vorliebe für Sie hätte, Sie gut und sehr reichlich zu bedenken, da ich Ihnen so vieles zu danken habe. Aber ich wüsste gern, und bitte Sie, ganz aufrichtig gegen mich zu sein, ob Sie mit dem Besitz eines großen Vermögens es über sich gewinnen könnten, in hiesiger Gegend, in diesem Hause zu bleiben, oder ob Sie es vorziehn würden, nach meinem Tode als ein reicher Mann vielleicht in der Stadt zu leben, ein anderes Geschäft anzufangen, sich zu verheiraten, oder auf Reisen zu gehen, um die Heimat zu entdecken, die Ihnen die liebste wäre. Hierüber sprechen Sie jetzt ganz aufrichtig, denn da Sie auf das Drittel meiner Habe Anspruch machen können und sollen, so muss ich nach Ihrer Erklärung meine bestimmten Einrichtungen treffen, denn die Anstalten hier und im Gebirge, die Fabriken und Maschinen, Bergwerke und Einrichtungen sehe ich auch als meine Kinder an, die nach meinem Tode nicht zu Waisen werden dürfen.

Eduard versank noch mehr in Nachdenken. Diese Großmut und väterliche Liebe des Alten hatte er niemals erwarten können, nie war es ihm eingefallen, daß er durch diesen Freund einst reich und unabhängig werden dürfte. Durch diese Erklärung war sein Verhältnis zu Herrn Balthasar ein anderes geworden, er glaubte, ihm jetzt mehr und dreister das sagen zu können, was ihn seit einigen Tagen ängstlich beschäftigt hatte. Er leitete mit der Versicherung seiner Dankbarkeit ein, daß dasjenige, was der Alte für ihn tun wolle, zu viel sei, daß seine Verwandten dennoch Anspruch auf seine Liebe behielten, und daß auch viel weniger ihn zu einem glücklichen und unabhängigen Manne machen würde.

Ich weiß alles, was Sie mir hierüber sagen können, unterbrach ihn der Alte; auch für diese Verwandten, selbst für den missratenen Sohn und den nichtsnützigen Vater wird gesorgt werden, so daß sie keine gegründete Ursache zur Klage haben sollen. Aber ich weiß, daß Sie mir die besten Jahre Ihrer Jugend und Kraft aufgeopfert haben. Für einen muntern

Geist Ihrer Art, für Ihr frohes, menschenfreundliches Gemüt ist der lange Aufenthalt in diesen melancholischen Bergen nichts Erfreuliches gewesen. Sie haben seit so vielen Jahren aller Munterkeit und Zerstreuung den Abschied gegeben, alles, was die Jugend anzieht, Musik, Tanz, Gesellschaft selbst, Schauspiel, Reisen, Lektüre haben Sie meinetwegen aufgeopfert, weil Sie sich so ganz, wie ich es wohl bemerkt habe, und schon früh, in meine Gemütsart haben schicken wollen. Unter Tausenden hätte kaum Einer dies vermocht, und dieser Eine sind Sie gewesen, und so, daß Sie an Freundlichkeit und gutherzigem, dienstfertigem Wesen nichts darüber eingebüßt haben. Wollen Sie also künftig anderswo und nach einem ganz andern Lebensplane sich einrichten, so kann ich nicht das Mindeste dagegen haben, auch soll Ihnen dadurch an Ihrem Besitze nicht das Geringste verkürzt werden. Aber aufrichtig sagen müssen Sie Ihren Entschluss, wenn Sie ihn schon gefasst haben, oder jetzt gleich fassen können, denn, im Fall Sie hier bleiben, mein Geschäft fortsetzen möchten, so muss Ihnen mein Testament die Möglichkeit eines nützlichen Wirkens durch vielfache Bestimmungen und ausgeführte, unumstößliche Verordnungen zusichern, darum sprechen Sie. –

Eduard erwiederte mit Rührung: Gebe der Himmel, daß Sie uns noch lange als Vater bleiben: ob ich aber diese Gegend als meine Heimat ansehn kann und will, hängt nur von Ihnen selber ab, von Ihrem Wort; dann kann ich mich sogleich für immer dazu bestimmen, auch wenn Sie uns noch viele Jahre gegönnt werden. Können oder wollen Sie dies Wort aber nicht aussprechen, so muss ich früher oder später eine andre Heimat suchen, und ich fürchte, daß mir dann selbst Ihr großmütiges Vermächtnis das Glück nicht schaffen kann, welches ich höher als Reichtum stellen muss.

Ich verstehe Sie nicht, junger Freund, antwortete Balthasar, Sie sprechen mir da Rätsel.

Sie haben, erwiederte Eduard, mit Ihrer Großmut und stillen Liebe eine arme Waise auferzogen, Sie haben sich väterlich gegen sie erwiesen, und darum muss ihr Schicksal auch von Ihnen und Niemand sonst bestimmt werden: geben Sie mir das liebe Kind, geben Sie mir Röschen zur Frau, und ich lebe und sterbe auf diesem Berge, ohne etwas zu vermissen.

Plötzlich verfinsterte sich das Gesicht des Alten bis zu einem Ausdruck, den man fürchterlich hätte nennen können. Er stand schnell auf, ging im Zimmer einigemal auf und ab, setzte sich dann wieder seufzend nieder und fing mit bitterem Ton an: Also? Nicht wahr? Sie lieben? Ist es nicht so? Ich muss dies unglückliche, unheilbringende Wort wieder hören? Ich muss auch an Ihnen, dem verständigen Menschen, diesen Wahnsinn, diese dunkle, trübselige Erbärmlichkeit erleben? Und alles, alles, was man achten, für vernünftig halten möchte, geht in diesem Strudel unter, der mit Gräuel, Tollheit, wildem Gefühl, tierischer Begier und Abgeschmackteit zusammenflutet! Diese Heirat aber, Eduard, kann niemals, niemals werden!

Ich habe zu viel gesagt, antwortete Eduard ruhig, um mit der bloß abschlägigen Antwort zufrieden sein zu können. Teilen Sie mir Ihre Plane für das liebe Kind mit und ich werde mich zu resigniren wissen.

Und sie, die kleine Törin? fuhr der Alte lebhaft dazwischen, – liebt sie Sie auch vielleicht schon? Ist das unkluge Wort schon zwischen euch beiden ausgewechselt?

Nein, antwortete Eduard, ihre reine Jugend schwebt noch in jener glücklichen Unbefangenheit, die nur wünscht, daß morgen wie heut und gestern sein möchte. Sie kennt nur noch kindische, einfache Wünsche.

Um so besser, sagte Balthasar, so wird sie also vernünftig sein können, und meinem Plane nichts in den Weg legen. Eigentlich hätten Sie es, der Sie mich doch so ziemlich verstehn, schon lange merken müssen, daß ich die Kleine für unsern Eliesar bestimmt habe. Sie soll heiraten, in einer Ehe leben, nicht in sogenannter Liebe schwärmen und faseln.

Und wird sie, fragte Eduard, mit diesem Manne glücklich werden?

Glücklich! rief der Alte, fast laut auflachend; glücklich! Was soll der Mensch sich bei diesem Worte denken? Es gibt kein Glück, es gibt kein Unglück, nur Schmerz, den wir sollen willkommen heißen, nur Selbstverachtung, die wir ertragen müssen, nur Hoffnungslosigkeit, mit der wir früh vertraut werden sollen. Alles andre ist Lüge und Trug. Das Dasein ist ein Gespenst, vor dem ich, so oft ich mich besinne, schaudernd stehe, und das ich nur durch Arbeit, Tätigkeit, Kraftanspannung erdulden und verachten kann. Den Webestuhl, die Spinnmaschine könnte ich beneiden, wenn in dem Gefühl und Wunsch Menschenverstand wäre, denn nur im Elende ist unser Bewusstsein, unser Dasein ist, daß wir den Wahnsinn, die Raserei alles Lebens spüren, und uns ihm geduldig hingeben, oder fratzenhaft weinen und uns sträuben, oder Verzerrungen des Glücks und der Freude spielen, um deren frevle Lüge wir selbst recht gut in unserm nackten Innern wissen.

Ich darf also auch nicht fragen, fuhr Eduard still und traurig fort, ob Sie diesen Eliesar als Freund lieben, ob er der Freundschaft und Achtung durchaus würdig ist, denn in Ihren finstern Gedanken geht alle Freiheit des Willens und alle Regung des Gemütes unter.

Als wenn ich nicht, sprach Balthasar weiter, gefühlt, geweint und gelacht hätte, wie die übrigen Menschen. Der Unterschied ist nur, daß ich mir die Wahrheit früh gestanden habe, und daß ich die Verächtlichkeit meiner selbst, aller Menschen, der Welt und des Daseins einsah und fühlte. Eliesar! der und Sie! Wenn wir es so nennen wollen, Freund, so liebe ich Sie, mit allen Herzensfasern bin ich an Sie festgebunden, im Wachen und Traume stehn Sie vor mir, Ihr

Elend könnte mich zur Verzweiflung bringen – und dieser hagere, widerwärtige Eliesar! Wenn es einen Namen haben soll, das Törichte meines Wesens, so hasse ich ihn, er ist mir ekelhaft, so wie er vor mir steht und in meiner Phantasie; die Leberkrankheit, die ihm aus Auge und Gesicht dunkelt, die schielenden Blicke, das Rümpfen der Nase, so wie er spricht, wobei sich die langen Zähne wie im Grinsen entblößen, sein Schultern-Zucken bei jedem Wort, wobei der fatale hellbraune Rock in die Höhe geht und die dürren Knöchel der Hände jedesmal entblößt, alles dies, die Art, wie er Atem holt und seine Stimme zischt, ist mir so körperlich widerwärtig, und weckt meinen Ingrimm immerdar so sehr, so peinigend, daß ich noch niemals einem andern geschaffenen Wesen gegenüber diese Qual erlebte, und eben deswegen, weil ich so viel an ihm gut zu machen habe, weil ihn Himmel und Natur selber so sehr vernachlässigten, muss er mein Haupterbe, mein Sohn werden. Auch weiß er es schon seit lange und freut sich auf diese Verbindung.

Ich verstehe Sie nur halb, antwortete Eduard. Sie kämpfen gegen Ihr eignes Gefühl, Sie martern sich freiwillig. Ich rede jetzt nicht gegen Ihr Versprechen, das Sie jenem Manne einmal gegeben haben, aber, warum dieses Bild des Leben festhalten, das Sie peinigend verfolgt? Warum nicht den frohen Gefühlen, den lichten Gedanken Raum geben, die eben so nahe, näher liegen?

Wie Sie wollen, sprach der Alte, – für Sie, aber nicht für mich. Habe ich doch immer gesehen, daß die allerwenigsten Menschen etwas erleben. Sie sind in fortwährender Zerstreuung, ja was sie Denken und Tiefsinn nennen, ist eben auch nichts anders, wodurch sie sich das Wesen und das einwohnende Gefühl ihres Innern verdämmern und unkenntlich machen. Und der Hochmut erwacht, das Bewusstsein ihrer Würde und Kraft stachelt und spornt sie kitzelnd zum frechen Stolz. Auch dies habe ich in der Jugend gekannt und überstanden. Dann liebte ich, wie ich meinte. Wie klar, wie rosenrot, hell und lachend lag die Welt vor mir. War doch auch mein Herz wie im reinen Äther gebadet, blau, weit, von süßer Hoffnung, wie von Morgenwolken, erfrischend durchzogen. Und der Grundstamm dieser Liebe, was ist er? Aberwitz, Tierheit, die sich mit den scheinbar zarten Gefühlen verschwistert, die mit Blüten prangt, in diese Blumen hineinwächst, um auch sie zu zerblättern, das, was sie himmlisch nannte, in den Kot zu treten, und (noch schlimmer, als das unschuldigere Tier, das von der Natur gegen seinen Willen gestachelt wird) alles zu verletzen, was ihr erst für heilig galt. Aus diesem Brande erwachsen dann fort und fort jene Unheils-Funken, die wieder Kinder werden, wieder zu Elend, wenn nicht zur Bosheit in ihrem Bewusstsein erwachen. Und so immer, immerdar in eine unabsehbare Ewigkeit hinein! Und der Reiz, die Schönheit der Welt! die Frische der Erscheinungen! Ist denn hier nicht auch alles auf Ekel gegründet, den mir die Natur doch auch gab? Durch ihn, den unsichtbaren innern Mahner, verstehe ich vielleicht nur das sogenannte Schöne. Dieses ist aber allenthalben, in Blume, Baum, Mensch, Pflanze und Tier auf Kot und Abscheu erbaut. Die Lilie und Rose zerbröckelt in der Hand, und läßt mir Verwesung zurück: des Jünglings, der Jungfrau Schönheit und Reiz – seht es ohne freiwillige Täuschung, ohne den tierischen Kitzel der Sinne an – Grauen, Moder, das Abscheuliche ist es: und einige Stunden Tod, ein aufgerissner Leib verkünden auch den Jammer. – Und ich selbst! in meinem Wesen Tod und Grauen, der Dunst der eignen Verwesung verfolgt mich – und in den Gefühlen Wahnwitz, in jedem Gedanken Verzweiflung!

Kann denn die Religion, die Philosophie, erwiederte Eduard, der Anblick des Glückes, welches Sie verbreiten, nichts über diese finstere Laune, über diese Melancholie, die Ihr Leben zerstört?

Ach, guter, lieber Freund, erwiederte der Alte, ich versichere Sie, das, was ich von jenen christlichen Büßern und Einsiedlern gelesen habe, die aus übertriebenem Eifer ihr Leben zu einer fortwährenden Marter umschufen, um nur dem Einen und höchsten Triebe und Gedanken zu genügen, ist weniger, viel weniger, als was ich ausgeübt habe, seitdem ich mir meines trostlosen Daseins bewusst geworden bin. Auch ich war wieder einmal mit meiner ganzen Seele in jenen Gefilden einheimisch, in denen die Gläubigen die Nähe der Gottheit und deren Liebe im Vertrauen und in seliger Beruhigung fühlen. Mein Geist verklärte sich, alle meine Empfindungen wurden geläutert, mein ganzes Wesen wollte sich wie in eine Blüte entfalten, alles in mir war Seligkeit und Ruhe, und in dieser himmlischen Ruhe der süße Trieb zu neuen Anschauungen, ein entzückender Stachel, mich noch tiefer in dieses Meer der Freude zu tauchen. – Und was war das Ende? –

Fahren Sie fort, sagte Eduard. –

Ich entdeckte, nahm der Alte nach einer Pause die Rede wieder auf, – daß auch hier Sinnlichkeit, Täuschung und Aberwitzig mich wiederum zu ihrem Gefangenen gemacht hatten. Diese wollüstigen Tränen, die ich oft in meiner so scheinbaren Andacht vergoß, die ich die reinste Inbrunst meines Herzens wähnte, auch sie entsprangen nur aus Sinnlichkeit und körperlichem Rausch; das Tierische hatte sich angemaßt, Geist zu sein, und die Freude in diesen Tränen führte mich bald dahin, diese Rührung willkührlich zu suchen, in diesem geheimnisvollen, nahen Verhältnis zur höchsten Liebe einen Kitzel des feinsten Sinnenreizes zu erregen, und diesen in der Entzückung der Tränen zu löschen. Ich erschrak vor dieser Lüge meiner Seele, als ich sie entdeckte und nicht mehr ableugnen konnte, und die fürchterlichste Oede der Verzweiflung, die gräßlichste Einsamkeit des Todes umgab mich wieder, als die Täuschung gefallen war, und die Vision sich nicht mehr zu meinem äffischen Spielwerk der Phantasie herablassen wollte. Als ich nun im Strahle der Wahrheit meine Forschungen fortsetzen wollte, da begegnete mir das Gräßlichste selbst an jener Stelle, wo nur eben noch, wie eine Bühnen-Dekoration, meine Entzückung gestanden hatte. Kein Zweifel mehr, denn auch in diesem ist noch Freude, keine Gewissheit, denn auch in der furchtbarsten ist Leben, sondern der dürrste Tod der völligsten Gleichgültigkeit, ein trocknes Anfeinden alles Göttlichen, ein Verachten aller Rührung, als des Läppischen und Albernen selbst, lag wie ein unermessliches Schneegefilden in den Wüsteneien meiner Seele. – Seele! Geist! so sagt' ich oft lachend zu mir selbst, und muss auch jetzt wieder lachen – kann es etwas andres geben? Und eben darum: wo ist der Unterschied mit der Materie? wo die Scheidemauer zwischen Leben und Tod?– Im Gespenst des Daseins, im Sphinx-Rätsel der Existenz – in jenem gräßlichen Werde! aus welchem die Welten hervorgingen, und sich im Krampf immer und immerdar wälzen, um die Ruhe, das Nichtsein wieder zu finden – hierin gehn alle Widersprüche und Gegensätze auf, um im Wahnsinn als unauflöslicher Fluch zu versteinern.

Eduard schwieg erst eine Weile, dann sprach er, nicht ohne Bewegung, diese Worte: Ich verstehe Sie nicht ganz, weil mir diese Richtung Ihres Geistes und Gemütes ganz fremd ist. Was ich auch Trübes erlebte, was ich auch Unersprießliches und Trostloses dachte, so bin ich doch nie in diese Wüsten geraten, die wohl am Horizonte eines jeden liegen mögen, der sich dem grübelnden Forschen mit zu großer Leidenschaft ergibt. Gehört und gelesen habe ich von kräftigen Gemütern, die im Trotz der Leidenschaft, oder in überschwenglicher Liebe gleichsam die Riegel der Natur und des Lebens sprengen wollten, um alles zu sein und zu besitzen. Verzweiflung, Widerwille gegen sich, Hass gegen Gott, war oft die Bestimmung und das unglückliche Los so heftig aufgeregter Menschen. Wir fühlen wohl, daß uns die Vernunft nicht durchaus genügt, um das auszugleichen oder zu offenbaren, was wir gern verstehn, was wir im Einverständnis mit den göttlichen Kräften sehen möchten. Aber es mag gefährlich sein, jene Regionen des Gefühls, der Anschauung und Ahndung zu Hülfe zu rufen. Sie wollen die Herrschaft führen und entzweien sich leicht mit der Vernunft, die sie anfangs zu unterstützen scheinen. Gelingt es ihnen, diese edle Vermittlerin, die im Centrum aller unsrer geistigen Kräfte durch ihre ausstrahlende Herrschaft diese erst zu Kräften macht, zu unterdrücken und in Ketten zu schlagen, so erzeugt jeder edle Trieb einen Riesen als Sohn, der wieder den Himmel stürmen will. Denn nicht Zweifel, Witz, Unglaube und Spott allein kämpfen gegen Gott, sondern auch Phantasie, Gefühl und Begeisterung, die erst für den Glauben eine so sichere und geheimnisvolle Freistätte zuzubereiten scheinen. Darum, mein teurer, verehrter Freund, weil allenthalben um unser Leben her diese schwindelnden Abgründe liegen, weil alle Wege von allen Richtungen her zu diesen führen, – was bleibt uns übrig, als mit einem gewissen Leichtsinn, der vielleicht auch zu den edelsten Kräften unsrer Natur gehört, mit Heiterkeit, Scherz und Demut dem Dasein und der Liebe, jener unendlichen, unerschöpflichen Liebe zu vertrauen, jener höchsten Weisheit, die alle Gestalten annimmt, und auch das, was uns töricht scheint, auf ihren Webestuhl einschlagen kann: um so sicher und leicht unser Leben zu tragen, uns der Arbeit zu erfreun, und im Wohlbehagen selbst glücklich zu sein, und so viel wir können, andre glücklich zu machen? Sollte denn dieses nicht auch Frömmigkeit und Religion sein? Ich, für mich selbst, habe keine andre finden können.

Kann alles sein, antwortete der Alte abbrechend, wenn die Wurzel des Daseins aus Liebe gewachsen ist.

Sagt es uns nicht, rief Eduard, jede Blume, jedes Lächeln des Kindes, das fromme, dankbare Auge des Erquickten, der Blick der Braut –

Er hielt plötzlich inne, weil der kindliche helle Blick Röschens plötzlich mit aller Kraft in seiner Seele aufleuchtete. Wie erstaunte er aber, als er wieder aufschaute, daß er Tränen in den Augen seines alten Freundes sah. – Eduard, sprach dieser sehr bewegt, erfahren Sie alles. Röschen ist kein angenommenes, es ist mein wahres Kind, mein Blut. Ach! das ist auch wieder eine klägliche Geschichte von der menschlichen Schwäche und Eitelkeit. Als ich hier einsam lebte, kam ein junges, schönes Wesen, als gemeine Magd, hier in mein Haus. Das Kind war von sehr armen Eltern, aber gut und fromm erzogen. Sie war redlich und tugendhaft. Sie liebte die Einsamkeit so, daß, wenn sie ihre Geschäfte verrichtet hatte, sie sich von jeder Gesellschaft, besonders der der jüngeren Leute zurückzog. Auf wundersame Weise schloß sie sich mir an, ihre Ergebenheit oder Liebe hatte fast einen abergläubischen Charakter. Sie verehrte mich Ärmsten wie ein überirdisches Wesen. Noch nie war ich von einem Mädchen gereizt worden, und von dieser am wenigsten, so schön sie war; ich, als alter Mann, glaubte sie väterlich zu lieben und dachte auf ihre Versorgung. Wie es geschah, wüsste ich nicht zu erzählen, weil alles unwahr erscheinen möchte. Sie war schwanger. Längst schon war ich über meine Schwäche und Armut erschrocken. Schaam, Verzweiflung, Menschenfurcht kämpften in meinem Wesen und machten mich zu ihrem nichtswürdigen Sklaven. Ich entfernte sie in Angst, sorgte für sie, reichlich, überflüssig, aber mein Herz war erstarrt. Gram, Schwermut, Zweifel an sich und Gott, tiefe Kränkung, daß meine Liebe verscherzt, oder sie ihrer nicht würdig sei, sich selbst furchtbar anklagend, wie es die Unschuldigsten am leichtesten tun, brach ihr Leben! Hatte ich sie verführt? Liebte ich sie nicht wirklich? Nein, ein elender Verführer war ich nicht, aber ich hatte nicht den Mut, meine Sünde zu gestehn und ihr ihre unschuldige Herzensliebe zu vergelten. Und dadurch war ich ein Nichtswürdiger. Sie starb und ich verzweifelte immer mehr an mir selbst. Die Eltern der Armen, die ich in Wohlstand versetzte, segnen mich alten Bösewicht, daß ich die Schande der Tochter nicht gestraft, daß ich das Kind hier erzogen. – Dies Kind, diese Kleine, die ich liebe, wie es vielleicht nicht erlaubt ist, denn ihr Glück ist Tag und Nacht mein Gedanke, wird nun auch vielleicht dem Elend aufgeopfert, denn ein Verhängnis, das stärker ist, als ich, zwingt mich, sie dem Eliesar zur Frau zu geben. – Gehn Sie jetzt zu diesem, er wird mein Schwiegersohn; sagen Sie ihm, daß in acht Tagen die Hochzeit sein wird, und können Sie dann nicht bei mir bleiben, Liebster, den ich auch wie einen Sohn liebe, so wird Ihnen Ihr Capital, das ich Ihnen bestimmte, ausgezahlt, – und wir sehn uns auch nicht wieder. – Gehn Sie.

Er konnte vor heftigem Schluchzen nicht weiter sprechen, und Eduard ging mit den sonderbarsten Gefühlen von ihm, um Eliesar aufzusuchen, der in einem eigenen Hause unterwärts in einem kleinen Tale wohnte und dort sein Wesen trieb.

Eliesar saß in einem feuerfarbnen weiten Schlafrocke vor einem kleinen Destillir-Ofen. Das Gemach war nur wenig erleuchtet, die Vorhänge waren halb herunter gelassen und große Bücher verbauten die untern Scheiben. Die größte Unordnung herrschte im Zimmer, so daß Eduard kaum einen Platz fand, um sich zu setzen. Gläser und Kolben, Schmelztiegel, Pfannen, Haken, Zylinder, und vielerlei chemisches Gerät stand und lag umher. Ein seltsamer Dunst vom Feuer war im Zimmer. Mit mürrischer Miene legte Eliesar den Blasebalg aus der Hand und kam aus dem Winkel hervor. Er hörte nur halb, was Eduard ihm zu melden hatte, und sagte endlich mit seiner krächzenden Stimme: In acht Tagen schon? Dann bin ich mit meiner großen Operation noch nicht fertig. Könnte denn der Alte nicht noch einen, oder zwei Monate Geduld haben? Das dumme Kind weiß ja auch noch gar nicht einmal, was die Ehe zu bedeuten hat.

Eduard war über diese griesgrämelnde Weise, so wie über die Undankbarkeit des herzlosen Mannes auf das Äußerste verstimmt. Hatte ihm Balthasar vom Wahnwitze, als von dem wahren Grund und Inhalt des Lebens so viel vorgesprochen, so schien es ihm wirklich, daß Schwiegervater und Sohn endlich aus diesem Grunde ihr trauriges Wohnhaus aufführen würden. Das Schicksal des jungen Kindes schnitt ihm durch die Brust. Tragen Sie dem Herrn, sagte er erzürnt, Ihre Bitte vor, und es gelingt Ihnen wohl, sich noch auf einige Zeit frei zu erhalten. Wenn Sie ihm recht sehr zureden, läßt er vielleicht den Gedanken der Ehe ganz fahren, denn es scheint mir, als wenn Ihnen an Röschens Besitze nicht sonderlich viel läge.

Doch, sagte Eliesar, indem er seinen Schlafrock abwarf, und sein Kleid mit großer Nachlässigkeit anlegte: Doch! er setzte sich wieder an den Ofen und prüfte die Essenz, die er läuterte: Dennoch, weil so das Vermögen beisammen bleibt, und ich dadurch einmal recht im Großen wirken kann. Aber der Alte läßt niemals mit sich sprechen, so wie er es einmal ausgesonnen und ausgesprochen hat, so muss es bleiben, und wenn alle Vernunft darüber zu Grunde gehen sollte. – Indessen sollte mich das am wenigsten kümmern, wenn der fremde Landstreicher mir nicht neulich den Zorn in den Leib gejagt und die Galle erregt hätte. Man sollte solche unnütze Menschen todtschlagen dürfen.

Was haben Sie? fragte Eduard verwundert.

Wissen Sie denn nicht mehr, fuhr Eliesar mit grimmigem Gesichte fort, jenen elenden Fremdling, der uns letzt in der Eisenhütte sein dummes Experiment vermachte? Ich soll bald sterben. Das fehlte noch, um die ganze hiesige Wirtschaft in die allergrößte Verwirrung zu bringen. Aber da, hier im Ofen wird es schon präparirt, das sicherste Mittel gegen alle derlei unnütze Furcht, und so wie es mir mit dem Beistande der Weisheit gelungen ist, Gold aus unscheinbaren Dingen hervor zu bringen, so soll mir auch die Verwirklichung jener Essenz nicht mangeln, nach welcher schon so viele große Geister, und oft vergeblich, geforscht und gesucht haben.

Eduard kam näher. In der Tat, rief er aus, Sie setzen mich in Erstaunen. Sie sprechen von diesen geheimnisvollen Dingen mit einer so nachlässigen Sicherheit, wie ich es noch nie vernommen habe, mir um so unbegreiflicher, da meine Vernunft mir sagt, daß das Streben nur Chimäre und die Entdeckung der Kunst eine Fabel sei.

Vernunft! rief der kleine Mann, und zog unzählige Falten in sein dürres Gesicht. Diese Vernunft dürfte wohl die rechte Chimäre sein und immer nur Fabeln ausgeboren haben. Nehmen Sie diese Goldstangen, die ich gestern in diese Form goß, nachdem ich in voriger Woche das Metall aus dem Blei gewonnen hatte, da steht der Probirstein, streichen Sie, und dann sagen Sie, ob es nicht ächtes, wahres Gold ist.

Eduard nahm die schweren Stangen, brachte sie auf die Probe, und sie zeigten sich als ächt. Sie müssten denn glauben, fuhr der Laborant fort, ich schaffte erst die Dukaten an, um sie als ein Unsinniger so einzuschmelzen, sonst werden Sie nichts mehr einwenden können. – Wollen Sie diese beiden Stangen zum Andenken behalten? Ich schenke sie Ihnen.

Eduard sah die kleine Figur mit Verwunderung an, dann legte er die Stangen wieder auf den Tisch und sagte: Nein, ich will Sie nicht berauben, das Geschenk wäre allzubedeutend. Aber Sie sollten dieses große Vermögen nicht so roh und unscheinbar hier unter den übrigen Sachen herum liegen lassen: Sie könnten dadurch Diebe und Räuber anreizen.

Keiner sucht es bei mir, antwortete jener, wieder vor seinem Ofen tätig: Keiner erkennt das Gold in der unscheinbaren Form. Auch gibt es noch Mittel, Raub und Einbruch abzuhalten, von denen Sie sich auch alle nichts träumen lassen. – Wenn Sie aber noch zweifeln, bringen Sie mir das nächstemal einen Taler, den Sie heimlich zeichnen mögen, und ich gebe ihn Ihnen als Gold zurück. Nur muss die Sache unter uns bleiben. – Dann werden Sie auch nicht mehr zweifeln, daß ich die Lebens-Essenz wohl noch finden werde. – Nur jenem lumpigen fremden Menschen, dem boshaften Kräutersucher und erbärmlichen Magier möcht' ich seine Strafe zubereiten können! Er sollte mir nur hier einmal in mein Gehege treten! Der sollte sich bei allen seinen verächtlichen Kunststücken verwundern! Ich bin auf den Kerl so ergrimmt, daß mir das Blut in den Kopf steigt, so wie ich nur an ihn denke!

Wie hat, warf Eduard ein, jener armselige Spaß nur einen so tiefen Eindruck auf Sie machen können?

Spaß? schrie Eliesar; Herr! ist das Spaß, daß ich in diesen Tagen die Höllenangst, diese scheußliche Furcht vor dem Tode nicht wieder aus dem Leibe habe kriegen können? Immer steht mir das Beingerippe und die eigne Verwesung vor den Augen. – Der Kunz da drüben ist auch krank geworden, und lamentirt darüber, daß er seine Reputation verloren hat. So ein Mensch, wie dieser Unbekannte, ist ja so schlimm, wie ein Mörder. Und ärger! denn er legt einem das Gift, ohne selbst etwas zu wagen, in öffentlicher Gesellschaft, in den Körper! – Er sprang auf. – Hören Sie! rief er, und umfasste Eduard. – Ja, der Alte hat Recht, die Hochzeit muss recht bald sein, so bald wie möglich, morgen, übermorgen, der Sicherheit wegen. Ich kann auch nach der Heirat noch meine lebensrettende Essenz suchen. Nicht wahr? – Wer wird denn auch gleich so schnell sterben, Freundchen, Fleisch und Gebein halten ja doch noch so ziemlich zusammen.

Er lachte laut, daß er sich schüttelte, und bei den Verzerrungen des Gesichtes ihm die Tränen aus den stechenden Augen drangen. Eduard, der den Mürrischen noch niemals hatte lachen sehen, entsetzte sich vor ihm. Er sagt ihm, als der Alte wieder beruhigt war, er könne unmöglich dem Herrn Balthasar jetzt diesen Wunsch des Laboranten vortragen, die

Sache würde in der Ordnung, wie sie einmal festgesetzt sei, wahrscheinlich vor sich gehn. Er war froh, als er Zimmer und Haus hinter sich hatte, und wieder im Freien atmen konnte. Sein Entschluss, die Gegend zu verlassen, stand fester, als je, er wollte selbst, wenn dies seine Reise beschleunigen könne, auf die große Belohnung verzichten, die ihm Herr Balthasar zugedacht hatte.

Nach einer unruhigen, meist durchwachten Nacht traf Eduard am Morgen das liebenswürdige reizende Mädchen auf dem Rasenplatze vor dem Hause. Sie war sehr gesprächig, er desto weniger zu Mitteilungen gestimmt. – O lieber Herr Eduard, sagte Röschen endlich, Sie scheinen mir auch nicht ein Bisschen mehr gut zu sein, da Sie mir so verdrießliche Gesichter machen.

Ich werde bald, antwortete der junge Mann, Sie und diese Gegend verlassen müssen, und das ist es, was mich so traurig bestimmt.

Müssen? Verlassen? rief Röschen erschreckt aus; gibt es denn ein solches Müssen? Mein Himmel, es ist mir noch niemals eingefallen, daß dergleichen möglich sein könnte. Ich dachte immer, Sie gehörten so zu uns, wie das große Haus, in dem wir wohnen, oder der grüne steile Berg da drüben.

Ich habe es nun auch, was ich nicht glauben konnte, von Ihrem Vater gehört, daß Sie den Herrn Eliesar heiraten werden, und das recht bald.

Habe ich es Ihnen nicht gesagt? antwortete Röschen; ja, ja, das ist mein Schicksal, und ich wünsche nur, daß ich den traurigen Mann etwas fröhlicher machen könnte. Die Zeit wird mir bei ihm erschrecklich lang währen. Aber vielleicht kann ich denn doch auch einmal in die Stadt kommen, ein Stückchen von der Welt sehn, Musik hören und ein Tänzchen machen, denn ich denke doch, ein alter Mann muss seiner jungen Frau manches zu Gefallen tun. Und bei allen den Sachen hatte ich recht sehr auf Sie gerechnet.

Nein, mein Kind, sagte Eduard ernst und finster, auf mich müssen Sie durchaus nicht rechnen, denn, um die Wahrheit zu sagen, diese Ihre Heirat ist es vorzüglich, die mich zwingt, diese Gegend zu verlassen. Es würde mir das Herz brechen, wenn ich hier bliebe.

Eduard bereute seine leidenschaftliche Übereilung, daß diese Worte unbedacht seinen Lippen entfahren waren, um so mehr, da er sah, wie sich das reizende Kind entfernte von ihm, wie entsetzt zurück sprang, um dann ihrem bedrängten Herzen in einem Tränenstrome Luft zu machen. Er wollte tröstend ihre Hand fassen, aber sie stieß sie zornig zurück, und sagte dann nach einer Weile, als sie das heftige Schluchzen bewältigt und die Sprache wieder gefunden hatte: Nein, lassen Sie mich jetzt, denn wir sind nun auf immer geschiedene Leute. Ich hätte nie gedacht, daß Sie so schlecht an mir handeln könnten, da Sie mir immer so freundlich waren. Ach Gott, wie bin ich nun verlassen! Ja, meinen Mann Eliesar wollte ich recht herzlich lieben, und ihm alles zu Gefallen tun, denn das muss ihm der Himmel bescheren, da er ja wie ein Aussätziger oder böser Geist von allen Menschen gehasst und vermieden wird. Ich kann ihn auch nicht leiden, wenn ich bloß so nach meinem Gefühl gehen wollte, denn er ist durch und durch eine widerwärtige Person. Aber seinetwegen und meinem Vater zu Liebe, ja auch Ihretwillen, Eduard, hatte ich mich so schon darin gefunden, und darum dachte ich, daß Sie nun auch wohl recht gern hier bleiben, und auch für mich wohl etwas tun könnten, im Fall Ihnen hier nicht alles recht sein sollte.

Wie denn, Röschen, meinetwegen haben Sie sich auch in diesen Entschluss gefunden? fragte der erstaunte Eduard.

O ja, antwortete das Kind, und ihre Augen waren schon wieder freundlich geworden; aber jetzt sehe ich wohl, daß ich meine Rechnung ohne den Wirt gemacht habe. Sie verdienen es nicht, Sie wollen es ja auch nicht, daß ich Ihnen so gut bin. Und wenn Sie nun wirklich fortgehn, so ist es ja was Entsetzliches, daß ich den Eliesar heiraten soll, denn in dieser Einsamkeit, ohne Ihre Hülfe und Ihren Beistand, würde er mir wie ein Gespenst vorkommen.

Wie ist es aber möglich – unterbrach sie Eduard –

Lassen Sie mich ausreden! fiel Röschen lebhaft ein, und nachher will ich fortgehn und wieder weinen, denn das wird nun wohl oft geschehen müssen. Ich dachte so: Ist Eliesar finster, so ist Eduard freundlich, den seh' ich nun alle, alle Tage, und er spricht mit mir, er gibt mir wohl Bücher, denn mein Vater, so sagen die Leute doch, hat mir nicht mehr so viel zu befehlen, wenn ich erst verheiratet bin. So konnte ich denn meinen traurigen Ehemann mehr vergessen, und immer an Sie denken, wenn Sie nicht da waren, und mich freuen und glücklich sein, so wie Sie nur wieder zu mir kamen. Lebt man doch auch so, und die Prediger befehlen es einem sogar, halb mit dem Herzen im Himmel und mit der andern Hälfte auf der finstern Erde. So hätt' ich Kraft und Mut behalten, den unglücklichen Eliesar auch aufzuheitern, – gehn Sie aber fort, – dann – o woher das Zutrauen nehmen? dann werde ich bald sterben – oder nur wünschen, daß mein Vater, – oder der fatale Mann mir nur recht bald abstürbe – ach! ich bin, nun Sie mich nicht mehr lieb haben, recht unglücklich. –

Sie weinte von neuem, und noch heftiger, als zuvor. Eduard sah sie lange mit dem prüfendsten Blicke an, in tiefes Nachsinnen verloren. Wie die Menschen, so dachte er still bei sich, auf einem dunkeln Wesen nur erst ruhen, Grillen und Abenteuerlichkeiten zum Inhalt ihres Lebens machen, so wächst ihnen auch unter der Hand das Unglück und Entsetzliche von selbst auf. Das Leben ist so zart und geheimnisvoll, so nachgiebig und geistig vielgestaltig, daß es willig alle Keime in sich aufnimmt. Das Böse wuchert fort und fort, und bringt aus der Unterwelt die berauschenden Trauben und den Wein des Entsetzens hervor. In dieser Kindheit und

Einfalt schlummern schon die furchtbarsten Begebenheiten und Gefühle der Zukunft, wenn Zeit und Gelegenheit das Reifen der Keime befördern: und lockend steht der böse Geist in meiner Nähe, um mich als Gärtner in diesem reizenden Garten der gräßlichen Früchte anzustellen.

Er erwachte aus seinem Nachdenken und sagte mit Wehmut: Liebes Kind, Du verstehst Dich, Dein Schicksal und die Welt noch nicht. Ich bin nicht leichtsinnig genug, um auf Deine Gedanken einzugehen, oder sie Dir in Deiner unschuldigen Jugend zu bestärken. Was Du wünschest, kann auf keinen Fall geschehn, und nach einem Jahr, wohl noch früher, wirst Du einsehn, wie unmöglich es ist. Wir beide würden elend, und uns im Unglück gegenseitig verachten. Lenke der Himmel Dein Schicksal; aber, eben weil ich Dich liebe und achte, kann ich Dich nicht verderben. Bete zu Gott, er wird Dir beistehn.

Er spricht auch schon ganz wie der Vater! rief Röschen und entfernte sich, halb wehmütig, halb zürnend, und Eduard ging sinnend in seine Wohnung. Hat Balthasar denn doch am Ende Recht? sagte er zu sich selber; ist die menschliche Natur so durch und durch verderbt? Oder muss Kraft, Vorsatz, Vernunft eben das in uns so wie in aller Zeit in Tugend und Adel verwandeln, was sonst, verwahrlost, zur Bosheit und Niedrigkeit würde? –

Er schrieb einen langen Brief an Herrn Balthasar, und sagte ihm noch einmal bestimmt, daß er die Gegend und sein Haus verlassen müsse, wenn die Heirat Eliesars und Röschens unumstößlich beschlossen sei. Daß er gern auf jenes Vermögen verzichte, wenn der reiche Mann ihn nur einigermaßen in seinen künftigen Lebensplanen unterstützen wolle. Er machte den Vater aber noch einmal auf das Unpassende, ja auf das Schreckliche dieser projektirten Verbindung aufmerksam. Er beschwor ihn, das Glück seines Kindes mit festerm, unparteiischerm Auge anzusehn: zugleich aber erbat er sich noch eine, die letzte Unterredung, und die Gewährung einer Bitte, die ihm der Alte erfüllen müsse, wenn Eduard mit Ehre, ruhigem Gewissen, und ohne sein Leben hier zu bereuen, dieses Gebirge verlassen sollte.

Der Gang zum alten Fabrikherrn wurde dem jungen Eduard sehr schwer. Recht betrübt und drückend lag ihm das ganze Schicksal des Menschengeschlechts auf der Brust. Peinigend war ihm die Überzeugung, daß auch schon in der süßesten und reinsten Unschuld alle Wurzeln der Bosheit und Sünde liegen, die nur von Zufall und Laune zum Wachsen gebracht werden dürfen, um ihre heillosen Früchte zu zeigen. Seine Lage hatte sich so sehr verändert, daß er das Haus, in dem er so lange einheimisch, die Gegend, die ihm lieb geworden war, nur erst recht weit hinter sich wünschte, um alle Erinnerungen dieser Zeit mit sicherer Hand nach und nach auslöschen zu können. Sehn wenigstens wollte er das Heillose nicht, was sich hier nach seiner Überzeugung notwendig aus der Finsternis der Gemüter entwickeln müsse: zugegen wollte er nicht sein, weil er sich die Stärke nicht zutraute, daß seine Leidenschaft und Schwäche nicht auch bei dem einbrechenden Unheile mitwirken könne. So sehr er den Gedanken an dergleichen jetzt verabscheute, so wusste er doch wohl aus Beobachtung und Erfahrung, daß der Mensch nicht immer gleich, und auch der Beste nicht in allen Stunden mit gleicher Kraft bewaffnet ist: daß auch die Sophistik unserer Leidenschaften allen guten Gesinnungen und Entschlüssen am gefährlichsten in den Weg tritt.

Er fand den Alten in ernster Stimmung, aber nicht bewegt, wie er gefürchtet hatte. Sein sie mir gegrüßt, rief ihm Balthasar entgegen, obgleich Sie mich verlassen wollen. Wie ich Ihre Abwesenheit ertragen soll, begreife ich noch nicht, so wenig ich wüsste, wie ich ohne Licht und Wärme leben sollte; aber doch werde ich es lernen müssen, wenn nichts Ihren Entschluss ändern oder umstoßen kann.

Mein väterlicher Freund, fing Eduard an, können Sie denn bei Ihrem, mir unbegreiflichen, Entschlusse bleiben? Ist es Ihnen durchaus unmöglich, mein Glück, und auch gewiss das Ihrer Tochter, zu begründen?

Ich hatte gehofft, lieber Freund, antwortete der Alte sehr mild, Sie würden diese Saite gar nicht wieder berühren, die allzu schmerzlich durch mein ganzes Wesen erklingt. Überzeugen Sie sich doch, daß ich diesen längst gefaßten Entschluss, den Sie vielleicht eine Grille nennen, unmöglich zurücknehmen kann, weil er allzufest in mein Leben verwachsen ist. Was wir so nach sogenannten Überzeugungen, nach raisonnirendem Hin- und Herdenken tun, ist selten weit her. Alles Feste, Eigentümliche, Wahrhafte unsers Wesens ist Instinkt, Vorurteil, nennen Sie es Aberglaube. Ein Abschluss ohne Frage und Untersuchung, ein Handeln, weil man nicht anders kann. So ist dies bei mir. Stellen Sie es sich als ein Gelübde vor, einen Schwur, den ich mir selber getan habe, und den ich nicht verletzen kann, ohne gegen mein Herz auf die ruchloseste Art meineidig zu werden. Ich bin diesem guten, armen Eliesar einen großen Ersatz schuldig, daß ich so viele Jahre hindurch Widerwillen, Bitterkeit und Groll gegen ihn in meinem Gemüte gehegt und genährt habe. – Und das Glück der Beiden? – Über diesen Punkt denke ich eben ganz anders als Sie. Er ist weise, verständig, tugendhaft, er ist schon jetzt glücklich und wird es bleiben, er mag heiraten oder nicht. Er läßt sich ja mit seinem ernsten Wesen zu meiner Tochter nur herab. Ein Mann, der den Stein der Weisen im Besitz hat, ist von den irdischen Armseligkeiten nicht mehr gefährdet. Und meine Rosalie? O lieber Freund, es wäre ja eben entsetzlich, wenn ich sie Ihnen zur Frau geben wollte; das Wesen, dies Kind, was ich so lieb haben muß, und mit Reue und Wehmut in mein Herz schließen, ginge ja auch in weltlicher Lust zu Grunde, in Eigenwillen und Scherz, in Zerstreuung und Wildheit. Sie würden ihr ja aus Liebe in allen Torheiten nachgeben, und jene und sich unglücklich machen. Nein, es kann nicht, unter keinen Bedingungen sein, und Sie selbst werden mir in Zukunft für meine vernünftige Verweigerung Dank sagen. Und nun kein Wort mehr, Teuerster, über diesen Gegenstand, jetzt zu Ihrer andern Bitte, die ich Ihnen gewiss zugestehe.

Eduard ging mit düsterm Sinn an den Vortrag, an die Herrechnung des Schadens, der durch die Räubereien, die auf unbegreifliche Art geschahen, veranlasst wurde: und wie man dem Täter jetzt endlich, bevor Eduard die Gegend verlasse, auf die Spur geraten müsse. Der Alte wollte abbrechen, aber Eduard erinnerte ihn an sein feierliches Versprechen. Am meisten wehrte sich Balthasar gegen den Vorschlag, den ihm der junge Mann tat, heimlich einen Selbstschuss im Magazine anzulegen, durch welchen der freche Räuber endlich gefunden und gestraft werden müsse. Dem Alten schien dies Mittel gottlos, unerlaubt und mit einem vorsätzlichen Morde nahe verschwistert. Eduard suchte diese Vorstellung zu widerlegen und sagte endlich: Sie sind es sich und mir schuldig, diesen Vorschlag, den ich auch nicht unbedingt anpreisen möchte, der hier aber der einzige rettende ist, anzunehmen. Ich brauche Ihnen nicht noch einmal die Summe zu nennen, die schon seit länger als drei Jahren Ihnen geraubt ist, sie macht ein großes Vermögen aus, ein so großes, daß mancher Wohlhabende an diesem Verlust wäre zu Grunde gegangen. Ihre unbegreifliche Nachsicht hat den Dieb, der die Gelegenheiten genau kennen muss, so dreist gemacht. So oft gewacht wurde, ist nichts geschehen. Aber, wenn wir wieder sicher waren, haben uns Riegel und große Vorlegeschlösser, keine noch so kluge Maßregel, gefruchtet. Den unschuldigen Wilhelm und so manchen andern haben wir in Verdacht gehabt. Sie können es nicht leugnen, Ihr Argwohn muss und wird auf allen Personen, von denen Sie umgeben sind, abwechselnd ruhen. Wie kann sich nur Ihr edles Herz mit diesem abscheulichen Gefühl vertragen, daß Sie auf Minuten diejenigen, denen Sie Liebe und Vertrauen schenken, der ehrlosesten Niederträchtigkeit fähig halten? Sie tun hundert Menschen, die ehrlich und edel sind, das schreiendste Unrecht, um einen einzigen Bösewicht durch eine Milde zu schonen, die ich Schwachheit, und unter diesen Umständen eine unerlaubte Schwachheit nennen muss. Nun verlasse ich Sie in wenigen Tagen. Es ist möglich, daß dem Diebe die Gelegenheit fehlt, daß ein anderer Aufseher es besser trifft, daß er Sie veranlasst, strenger zu sein und sich mehr Furcht verbreitet; die Räubereien bleiben aus: können Boshafte, vielleicht der Dieb nun selbst, damit er niemals entdeckt und jede Untersuchung vereitelt werde, nicht ausbreiten: ich selbst sei jener abscheuliche Dieb? Gewinnt die Sache nicht dadurch die grö?te Wahrscheinlichkeit, da keiner freilich so sicher als ich selbst zu jenen Gütern gelangen konnte? Was hilft es mir in der Ferne, wenn Sie mich verteidigen und die Verläumdung niederschlagen wollen? Wird Ihre neue Milde, so wie die jetzige unnatürliche Nachsicht, nicht das abscheuliche Gerücht in die größte Wahrscheinlichkeit, ja in unumstößliche Wahrheit verwandeln? Von wo, mit welchen Mitteln soll ich mich alsdann rechtfertigen? Und, geliebter, verehrter Freund, sollte denn in Ihrem finstern Gemüte, der Sie im Handeln Freund der Menschen und in Grundsätzen Menschenfeind sind, nicht selbst jener Argwohn aufstehen, sich ausbreiten, und nach und nach zur Überzeugung werden, ich sei der Täter? –

Balthasar sah ihn an und ging schweigend einigemal im Zimmer auf und ab. Er kämpfte mit sich selbst und schien ganz im Nachsinnen verloren. Sie haben nicht Unrecht, sagte er nach einer langen Pause, Sie haben vielmehr vollkommen Recht. Sie wissen, wie ich von Reichtum und Besitz denke. Beide sind mir fürchterlich. Mir schien, es geschehe mir ganz recht, und wäre gleichsam eine kleine Vergütigung beim

Schicksal über mein unbegreifliches Glück, daß mir auf einer Seite doch wieder entrissen werden, was mir von zehn andern her so reichlich zuströmte. Bald meinte ich, der oder jener erringe den Besitz, weil er ihn bedürfe, und verdiene ihn gewissermaßen durch die List und Klugheit, wodurch er ihn sich zu verschaffen wisse. Es setzte sich ein Aberglaube bei mir fest, ich wollte vorsätzlich nicht klar sehn, um nicht einen wunderlichen Traum und ein unbestimmtes Gefühl in mir zu zerstören. Es tat mir weh, so viele meiner Leute, ja alle in Verdacht zu haben, und doch auch wieder wohl, daß ich von keinem überzeugt sein konnte. Ja, Freund, auch Ihnen, auch Ihnen habe ich Unrecht getan. Sie kennen mich so ziemlich, und ich bitte Ihnen jetzt ab. Ich dachte manchmal im Stillen, ohne Ihnen deshalb böse zu sein: Je nun, er nimmt sich im voraus, was er durch Mühe, Nachtwachen und Sorgfalt aller Art reichlich verdient hat; er kann ja nicht wissen, ob Dich nicht ein plötzlicher Tod dahinrafft, er hat vielleicht arme Verwandte, er will sich wohl glänzend etablieren, er hat vielleicht ähnliche Begriffe vom Eigentum, wie Du selber. Dies war hauptsächlich der Grund meiner Milde und Schwäche, wie Sie sie nennen, vorzüglich als nach Wilhelms und mancher andern zweideutigen Menschen Entfernung die Sache nicht besser wurde. Selbst Ihr großer Eifer, Eduard, Ihr Zorn, auch dies stimmte meinen Argwohn gegen Sie. Ich sagte wohl zu mir selbst: Warum fragt er, warum streitet er so viel? Ich habe ihn ja in dieser Sache ganz unumschränkt gemacht; läge es ihm so an Herzen, er würde ja auf die und jene Art, klug oder gewaltsam, die Entdeckung schon befördert haben. Ich musste ja doch alles billigen, was zu meinem eignen Besten geschehen war.

Ein ungeheurer Schmerz erfasste während dieser Rede den jungen Mann, er fühlte sich einer Ohnmacht nahe. Mit dem Ausdruck der Verzweiflung warf er sich in den Sessel, stützte sich tief beugend Hand und Kopf auf den Tisch, und ein Tränenstrom, der brennend aus den Augen stürzte, ein krampfhaftes lautes Schluchzen machten endlich seinem Herzen etwas Luft, das zu brechen drohte. Der Alte sah mit Erstaunen diese ungeheure und unerwartete Wirkung seiner Rede, die er mit kalter Ruhe, selbst mit Freundlichkeit vorgetragen hatte. Er suchte den jungen Mann zu trösten und zu begütigen, er richtete das Haupt auf, er trocknete die Tränen vom Gesicht, das noch immer den Ausdruck des tiefsten Schmerzes und der Verzweiflung ihm entgegen hielt. Er umarmte den Freund, er suchte nach Worten, wieder gut zu machen, den Sturm zu beschwichtigen, den er herauf gerufen hatte. O mein Himmel! rief er endlich aus, als er sah, daß alle seine Bemühungen vergeblich waren: Was soll ich tun? Eduard! ich habe es ja gar nicht so böse gemeint! Ich denke ja nur von andern, was ich mir selber zutraue. Ich liebe Dich ja, junger Mann, mehr wie irgend einen, den ich habe kennen lernen, Du bist mir ja wie Sohn, daher meine verkehrte Milde bei meinen unwahren Gedanken. Du musst mir alles, alles vergeben, teuerster Eduard, ich will ja alles, alles tun, was Du von mir verlangst.

Als sich Eduard endlich etwas gesammelt hatte, sagte er mit matter Stimme, oft noch von krampfhaftem Schluchzen unterbrochen: Nein, nein, Edelster, Redlichster aller Menschen, nie, niemals wären sie bis zum elenden Diebe hinabgesunken! Keine Not, nicht Hunger und Blöße, keine noch so lockende Gelegenheit konnten Ihren hohen Sinn jemals so tief erniedrigen. Sie sagen es auch nur, mich zu beruhigen. O Himmel! dieser Mann, der mir innige Liebe und unbedingtes Vertrauen bewies, der mir Summen, ohne nachzuforschen, in die Hände gab, um seiner Wohltätigkeit Genüge zu tun, um Hungrige zu speisen und Kranke zu pflegen, dieser nehmliche Freund konnte in derselben Zeit mich solcher Schändlichkeit fähig halten! Sehn Sie, sehn Sie nun, wie gefährlich es ist, so finstere Geister und Gespenster in sein Gemüt aufzunehmen, die endlich alle Wahrheit, Liebe, Kraft und Vertrauen aus unsrer Seele vertreiben? O du helle, reine Wahrheit, o du ungefälschte Tugend! Wie erscheint nur dieser Mann seit diesem unglückseligen Worte, und wie komme ich mir selber vor! Wie furchtbar, wie entsetzlich hat sich mein Verhältnis zu ihm geändert! Mir ist, als ginge dadurch, daß man an die Möglichkeit glaubt, eine solche, wie dieser sie glaubt, ein Schatten des Lasters und der Verworfenheit in mich hinüber! denn dieser Edle war ja doch bisher der Spiegel meines Wertes, vor dem ich mir meiner Güte, meiner Redlichkeit bewusst wurde. Kann, kann alles in unserm Herzen sich durch eine einzige Minute so umgestalten? Ja, teurer, väterlicher Freund, ich ehre, ich liebe Sie immerdar, ich bewundere Sie, indem ich Sie beklage, aber auch ohne weitere Ursachen hätte dieses Gespräch uns geschieden, dieses allein, ohne Rücksicht auf mein Glück und Unglück, treibt mich von ihnen in die weite Welt.

So sind wir denn also durchaus geschieden, sagte mit großer Wehmut der Alte, durch das Schicksal, nicht durch meine Schuld. Man kann alles bezwingen, nur nicht sein eigenstes Selbst. In mir ist der Argwohn nicht das Schlimme, wozu Ihr überreiztes Ehrgefühl, wie ich es noch bei keinem Menschen gesehn habe, es mit seiner Auslegung macht. Aber so lange verweilen Sie, teuerster Freund, ohne welchen mein Leben auf lange Zeit ohne Inhalt sein wird, bis ich Ihnen Ihr Vermögen in sichern Papieren mitgeben kann. Denn diesen Lohn müssen Sie als von einem Vater annehmen, wenn Sie mich nicht zu tief demütigen wollen.

Sie umarmten sich, und der Alte gab die unbedingte Erlaubnis, alles so anzuordnen, wie Eduard es für gut finden würde, den Dieb zu entdecken und zu strafen. Eduard hatte sich wieder gefaßt, und der Alte war ganz Milde und Weichheit. Sie besprachen noch andere Angelegenheiten, und Eduard nahm einige Bücher mit, um Rechnungen durchzusehen und zu berichtigen. Umarmen Sie mich noch einmal recht herzlich, sagte der Alte, und vergeben Sie mir auch von Herzen. Eduard kehrte wieder um und sagte nach der Umarmung: Teuerster Freund, was habe ich Ihnen in Ihrem Sinne zu vergeben? Das Wort passt nicht. Was ich in diesen Minuten erlebt habe, kann ich niemals wieder vergessen, und diese Erschütterung wird bis in mein spätestes Alter hinein zittern. Des Menschen Herz, unsre Seele, Mensch und Gott sind mir durch diesen furchtbaren Blitzesschlag wie ein Anderes geworden. In Ihrem Sinne können Sie mir auch nicht zürnen, wenn ich jetzt halb im Scherz noch sage, daß ich, hätten Sie nur meine Maßregel nicht erlaubt, in der Ferne glauben konnte, Sie selbst hätten sich, wer weiß aus welchen künstlichen Absichten, so geschickt und listig beraubt, vielleicht eben auch, um auf diesen und jenen einen Verdacht zu erregen.

Sie haben nicht ganz Unrecht, sagte Balthasar. Eduard stand wieder in der Tür. Warten Sie noch einen Augenblick, junger Mann! rief ihm der Alte zu. Eduard kehrte noch einmal um. Jetzt aber, da er dem Alten wieder näher trat, war er erstaunt, dessen Gesicht und den Ausdruck seiner Augen so ganz verwandelt zu finden. Ein feuriger, schneller Blick funkelte ihn wie ungewiss an. Sie sind, begann der Alte, von den Wahrheiten unsrer christlichen Religion, wie ich weiß, überzeugt, Sie lesen fleißig und mit Erbauung in der Bibel. Sie glauben auch den historischen Teil, und Ihnen ist die Offenbarung eine wirkliche: die Vernunft, die Allegorie, die kritischen gelehrten Erklärungen genügen Ihnen nicht. Nicht wahr? Sondern Sie sind ein wahrer Christ mit Herz und Seele?

Gewiss, antwortete Eduard.

Jene Erzählung, fuhr der Alte fort, wie der Heiland von dem Bösen in der Wüste versucht wurde, ist Ihnen keine Parabel, oder Allegorie, oder mythische Sage ohne Bedeutung, sondern Sie glauben, dem wahren Christus, dem Sohne Gottes, sei dieses mit den dort angegebenen Umständen und Fragen und Antworten begegnet?

Was wollen Sie damit? fragte Eduard zögernd nach einer Pause. Ja, ich glaube an diese Erzählung als ächter und orthodoxer Christ.

Nun? fuhr der Alte fort, indem sich die blassen, geschlossenen Lippen zu einem sonderbaren Lächeln verzogen. Zweierlei will ich damit, was ich kaum zu erwähnen brauchte, wenn Sie jemals über diesen Umstand tiefer nachgedacht hätten. Erstens: wenn sich der Heiland dergleichen muss gefallen lassen, wenn der Argwohn, auch beim Bösen, nur möglich war, so können Sie mir auch wohl aus vollem Herzen vergeben, wenn ich mit der Hälfte, oder dem Viertel des meinigen in manchen Minuten an Ihnen halb gezweifelt habe. Mir däucht, diese tiefsinnige, sonderbare und vieldeutige Erzählung verdammt doch nicht meine Ansicht von der menschlichen Natur so gerade zu. Es sind nicht eben Gespenster, die mein Wesen in Besitz genommen haben, wenn sie nicht etwa mit Geistern eine und dieselbe Familie ausmachen. Zweitens: hat in Ihren Augen diese Wundergeschichte wohl viel Sinn, wenn die Verlockung gar nicht, durchaus nicht möglich war? – Nun denn, also! Fürchterlich genug wird unser einem und wohl auch Ihnen zu Mute, wenn man da hinein fühlt und denkt! – Noch möcht' ich ein Drittes als Schluss hinzufügen: – was wurde aus der Welt und den Menschen, aus Himmel und Erde, wenn der Versucher durchdrang? Wenn die Liebe sich verlocken ließ? – O junger Mensch, die Türen sind nicht allenthalben geschlossen, wo wir sie angelehnt sehn. – Ihr glaubt alles durchmustert zu haben, wenn ihr kaum bis fünfe gezählt habt. – Ich glaubte ja auch, forschte auch, war in Liebe und Andacht aufgelöst, fand die Liebe in meinem und anderer Geiste, und daran ist mein Herz und Leben eben gebrochen, um niemals, niemals wieder sich lebendig zusammen zu fügen. Lasst den Stolz eurer Empfindungen fahren, schwingt euch nicht auf mit der

Phantasie, sondern kriecht am Boden wie das Gewürm und esst den Staub, denn also geziemt es sich.

Mit einem starken Händedrucke, und mit einem wilden Lächeln, plötzlichen Auflachen, welches den jungen Mann entsetzte, riss sich der Alte von Eduard los. Dieser blieb, wie betäubt, noch eine Weile stehen, und als er den Blick endlich erhob, war Balthasar wieder in tiefes Sinnen verloren und stand mit jener finstern, leidenden Miene, die seine gewöhnliche war, an seinem Schreibtische. Eduard hatte die Empfindung, als verließe er einen Sterbenden, indem er fortging, und die große eichene Tür langsam und vorsorglich in das Schloss fallen ließ.

Eduard hatte seine Anstalt eben so geheim als klug betrieben. Keiner von den Dienern, den Aufsehern, oder selbst den höhern Bevollmächtigten wusste darum, daß er sich draußen im Magazin zu schaffen mache. Alles, was stören konnte, war bedacht. In der stillsten Einsamkeit, indem auch Niemand wusste, daß er sich vom Hause, dem sogenannten Schlosse, entfernt hatte, traf er seine Einrichtungen. Erst mit der Dunkelheit kam er zurück. Er wusste nicht, ob noch in dieser Nacht, oder in einer künftigen wieder ein Raub geschehen würde. Alle Wächter hatte er, ohne daß es auffallen konnte, vom Magazine entfernt. –

Jetzt, in der Einsamkeit der Nacht, setzte er sich, um seine Gedanken auf einen Punkt zu sammeln, und sich dadurch von den Eindrücken, die er erlebt hatte, zu erhohlen, zu den Rechnungsbüchern nieder. Es war wichtig, dies Geschäft noch vor seiner Abreise völlig in Ordnung zu bringen. Es gelang ihm endlich, das Vorgefallene für diese Augenblicke zu vergessen, auch zerstreute er sich an dem Geschäfte in so weit, daß er nicht mehr daran dachte, daß wohl diese Stunden schon die Entwickelung jener widerwärtigen Geschichte herbei führen konnten, um welche sie alle seit Jahren waren geängstigt worden.

Als er abgeschlossen hatte, und in einem älteren Buche blätterte, fielen ihm einige beschriebene Bogen in die Hände, die von Balthasar herrührten, und wohl schon viele Jahre alt sein mochten. Er las folgende Fragmente: –

Ja wohl ist das Weinen ein Wunder, und, wie sie sagen, eine Gabe, die vom Himmel stammt. Eine Seligkeit verbreitet sich in unserm Gemüt, so wie die fließenden Tränen, gleich den Stromeswogen, den schwarzen Kummer, die Angst, den bangen Zweifel entführen. Wieder geschenkt seid ihr mir alle, ihr Seelen, die einst mein waren, und die ein herbes Schicksal nachher von mir trennte.

Eben darum auch sucht man die Träne, man ladet sie mit Schmeichelei ein, wenn sie nicht kommen will. Das Tagewerk ist geendet, und so, wie der Schwelger und Vornehme seine mannichfaltige Mahlzeit mit Zucker beschließt, so sucht man nach der Arbeit, nach Rechnungsabschluss Gedanken der Andacht und rührende Gefühle, man gedenkt der Gestorbenen, um diesen Lebenswein der Träne in das wollüstige Auge und schwelgende Gehirn zu locken. Nun überglast die zarte Wehmut alle Gegenstände einer gemeinen Gegenwart, und in demütigen Empfindungen einer verschmachtenden Reue und Zerknirschung erhebt sich der ekelhafte Hochmut trotzend auf den Adel eines verzogenen, launischen Herzens. O wie elend erscheinen uns nun die Mitgeschöpfe in ihrer Gewöhnlichkeit, die doch alle als nüchterne Bewohner der gemeinen Erde viel besser sind, als wir. –

Aber das Lachen. Dieses Erdbeben, welches unsichtbare Kräfte aus dem Rätsel unsers verschlungenen und vielfach verschürzten Wesens heraus heben; das in polternden, albernen Tönen zu vernehmen gibt, daß innen, in der unsichtbaren Welt, der Geist wieder Irrtum und Wahrheit erkennt, und den zarten Verkündiger eben ermordet, der ihm die Erscheinung zugeführt hat. Diese dummen, rohen Töne, die auch das beste Gesicht, die regelrechte Larve auf lange entstellen.

Wie sehnt sich der Mensch nach diesem widerwärtigen Krampf! Lügt und heuchelt die Träne mit dem himmlischen Gefühl, so spielt das Gelächter mit dem Aberwitz der bösen Dämon ein linkisches Verstecken, verbirgt sich vor der Gemeinheit, um gesehn zu werden; tut erschrocken, wenn das sich sträubende Gefühl gefunden wird, und zerrt sich, mit dem Widerwärtigen, Gemeinen sich verwirrend, im Handgemenge hin und her, indem bald das Erkennende, sogenannte Bessere, bald das Gemeine, Nichtswürdige, oben und bald wieder unten ist: und so wechselnd, spielend und zankend klappert das Lachen die Stiege der Erbärmlichkeit mit den harten Absätzen der irdischen Kraft hinunter – und der Mensch grinset und ist glücklich. – –

Selige Zeit, als noch ein wirkliches Dasein, ein Leben im Leben war! Als noch die ganze Ewigkeit, sich selbst genug, sich nicht in Zeit versplittert hatte, als der Geist noch nicht die zeitliche Folge des Abmessens in zeitlichen Räumen bedurfte, um sich seiner Kraft und seines Daseins bewusst zu werden. Welche sonderbare Begebenheit, als sich Dauer und Leben von einander trennten, als das innige Geisterband los ließ, und der fremde Gast, der Tod, in den Zwiespalt eindrang, um beide zu beherrschen. Nun hat sich das Feste, Ewige, Dauernde tief in sich selbst hinein gegründet, und die unwandelbare Miene des soliden Nachdenkens angenommen. Stein, Fels, Metall trotzt in seinem kalten Schein dem Vergehn, und meint den Wandel nicht zu kennen. Die kleinen Wassertropfen als Kobolde, der Luftzug, so weit er reicht, lösen die starren, trotzigen Riesen auf, der kleine Mensch gräbt in das Gebein, und könnte, möchte er tiefer wüten, alles in flüchtigen Staub auflösen. – Steht es mit den ewigen Gestirnen etwa nicht besser? Unter Säuren braust der Felsenstein närrisch und prustend auf und erinnert sich für den Augenblick seines Geistes.

Und du Schmetterlingsgestalt im leichten Sommerrocke, die du schwebend über das Gebirge flatterst und wandelst!

Von der verwandelten Raupe bis zum Löwen und Menschen, ihr alle einen kurzen flüchtigen Funken in euch hegend, wie der Blick aus Stein und Stahl, – vorüber ist das Aufsprühen des Funkens – und auch nur Larven liegen wieder da, nach dem kurzen Traum des Lebens und der Liebe, Stein auf Stein, Verwesung auf dem Moder – der Urgroßvater neben dem verstäubenden Enkel, und keiner kennt den andern, keiner weiß vom andern. –

Die Gewächse umher deuten euch in tausend Gestalten das Ohr, die Blumen lächeln schalkhaft und wehmütig in die Maskerade hinein, und Traum mischt sich in Traum, wenn der Liebende die Rose bricht, und die errötende, er selbst errötend, seinem verschämten Mädchen reicht.

Der Pulsschlag ist nicht nur Zeichen des Lebens, sondern das Leben selbst. Kein Gefühl, kein Gedanke, kein Sehn und Hören, Schmecken und Empfinden, strömt im flutenden Guß, sondern alles hüpft nur Woge um Woge, Tropfen um Tropfen, und dadurch ist es. Ein Gedanke lös't den andern ab, zwischen Tod und Sein wechselnd fühlt sich das Gefühl, jeder Kuss wird nur lebendig durch die kalte Pause, das Entzücken am Gemälde, an Musik ist nur im Wellenschlag da, bald lebend, gleich darauf gestorben. So atmet das Meer in Ebbe und Flut, die Zeit in Tag und Nacht und Winter und Sommer. Vergeß' ich mich selbst nicht in diesem Augenblick, so kann ich mich im nächsten nicht wieder finden. – Und der Tod – –

Ist diese Puls-Umsetzung, diese Takt-Abänderung, dieser Wechsel des Tempo eine Einleitung, ein Übersprung zu einem neuen Musik-Stück? Alles lebende Wesen ist da, um von einem andern gefressen zu werden, nur der Mensch hat sich dieser Canton-Einrichtung und Militair-Pflichtigkeit scheinbar entzogen, und spart sich der Erde, diesem zertrümmerten Chaos der Steine und der Verwesung auf. –

Im Lieben, im Unglück, in der Freude, im Verzweifeln, in der Arbeit und Ruhe war Tod immer mein nächster, möcht' ich doch sagen mein einziger Gedanke. Mich selbst zu tödten wäre mir unter allen menschlichen Handlungen die natürlichste. Ich habe es nie gefühlt, daß uns eine unnennbare Angst, ein gewaltiges Grauen zurückzieht und uns das Messer aus den Händen wirft. Wenn uns die arme nackte Freude, die so wenig Schmuck hat, und sich schämt, auf Erden aufzutreten, einmal besucht, dann wäre der Stich des blanken Dolches nur die letzte, funkelnde Spitze dieses Freudenbewusstseins. Denn wie ist nach dem kurzen Pulsschlag die Erde kahl und das Leben dunkel! Gerade deshalb, weil ich nicht weiß, wohin ich gehe, und ob ich gehe, oder ob es ein Wohin gibt, ist die Tat so anlockend. Die Menschen gestehen sich dies nur nicht, und nennen Feigheit und Stärke, was eben keins von beiden ist. In der Zerstreuung geht den Armen Tod und Leben unter.

Ein wunderlicher Traum, das heißt ein Traum hat mich besucht. Das Gewöhnliche ist eben so seltsam als sein Gegenteil, nur stumpft die Gewöhnung unsern Sinn.

Ich war gestorben. Ich wusste es deutlich, und lebte doch in meinem Bewusstsein fort. Alle meine trübseligen Zweifel, meine Hartnäckigkeit, die sich nicht gefangen geben wollte, mein starres Herz, das sich so früh der Liebe entwöhnte, hatten mich, das sagte mir mein Gewissen, von jenem Orte ausgeschlossen, auf welchen die Besseren hoffen. Worin ich mich befand, und unzählige andre mit mir, war ein Zustand, der durch seine gemeine Gewöhnlichkeit, durch das Geringfügige entsetzlich war. Ich konnte mich meiner Freunde und Geliebten durchaus nicht erinnern, so sehr ich auch mein Gedächtnis anstrengte und marterte. Eine Sehnsucht, wie dem Erdürstenden nach der Woge kühlen klaren Wassers, peinigte mich, die Bilder und das Andenken dieser Teuern in meiner Phantasie hervor zu rufen, ich fühlte die Mahnung an sie, wie einen schweren Druck, der mich quälte, in meinem verhüllten Innern. Eben so wenig wollten mir jene

Taten zurückkommen, die ich wohl in meinem Leben gute genannt hatte. Alles war in dieser Richtung meiner Gedanken dürre ausgebrannte Steppe. Aber alles Böse wälzte sich in wirbelnden Kreisen ermüdend und Schwindel erregend vor meinem innern Blick. Meine Schlechtigkeiten und Irrtümer, alle Fehler meines Lebens, alle elenden Augenblicke meines zeitlichen Daseins umgaben mich wie mit Geschrei und Gekrächz von wilden hungrigen Raubvögeln. O diese Sünden, wie riesengroß erwuchsen sie! Wie entsetzlich war es, ihre Folgen weit, weit in die Zukunft hinein sich entwickeln zu sehn: wie sie in die künftigen Geschlechter fortwuchsen und wüteten: alle die Blicke des Jammers, des Vorwurfs, der Leiden, der bittern Verzweiflung von dort waren nach mir her gerichtet. Eben so erinnerte ich mich leicht aller Menschen, die mir gehässig oder zuwider gewesen waren: aller langweiligen Stunden, deren Erinnerungsqual mich von neuem befiel: aller Albernheit und Abgeschmacktheit, die ich selbst gesprochen, oder von andern gehört hatte.

In den weiten, vielfachen Sälen saßen, standen und gingen unzählige Menschen umher, die eben so erbärmlich an sich selber litten. Und keine Abteilung, nicht Stunde, nicht Sonne und Nacht störte und wechselte dieses traurige Mühsal. Nur eine einzige Ergötzlichkeit gab es. Hin und wieder erinnerte einer an den vormaligen Glauben unsres Lebens, daß wir einen Gott gefürchtet oder angebetet hatten. Dann erscholl ein lautes Gelächter, wie über das Abgeschmackteste durch den Saal. Nachher wurden alle ernst, und ich strebte mit allen Sinnen mir die Ehrfurcht, die Heiligkeit des Gefühls von ehemals zurück zu rufen, doch umsonst – – –

Eduard hatte nicht bemerkt, daß der Morgen schon dämmerte, so sehr hatte er sich in diese seltsamen Blätter vertieft. Er hätte auch ohne Zweifel noch viel länger gelesen, wenn ihn nicht jetzt ein lautes Schreien und heftiges Klopfen an seiner Tür unterbrochen hätte. Er stand auf, um nachzusehen, als Kunz, rot, keuchend und mit wilden Geberden in sein Zimmer stürzte.

Da haben wir's! rief der Bergmann im höchsten Zorn; hab' ich's nicht schon damals gesagt, daß der Landstreicher die Bosheit selbst ist? Lassen Sie ihn nur, Herr Inspector, gleich in zentnerschwere Ketten schmieden, und den Hund mit Ruten zerhauen, daß ihm das Leben und die verruchte Seele zollweise ausfährt!

Was habt Ihr denn? fragte Eduard; ich fürchte, Ihr habt Euch vom Fieber aufgerafft, und seid im Rasen.

Ha! schrie Kunz, nun wird mir meine böse Krankheit schon vergehn, nun die Bestie auf ihren Lastern ertappt worden ist! Der wird mich nun nicht mehr in die abgeschnackten Strohhalme hinunter tragen!

Von wem redet ihr denn? fing Eduard wieder an; doch nicht von dem fremden ungarischen Bergmann?

Von keinem andern, antwortete Kunz: Das Ungeheuer hat gestohlen und hängt mit einer ganzen Diebesbande zusammen. Hören Sie, kurz und gut: ich konnte die Nacht doch nicht schlafen, trieb mich also im Walde um, auch um mir etliche Kräuter für meine Krankheit zu suchen. Es fängt schon an zu dämmern, da hör' ich was da unten, auf dem einsamen Fußsteige im dichtesten Walde wie karren, und dabei stöhnen und ächzen, wie man denn so in der Nacht alles deutlicher hört und versteht. Ich darauf zu. Karren zwei Kerle unter Angst und Seufzern und der blasse Schuft geht daneben und treibt sie an. Spitzbuben! schrie ich auf sie los; und, ich habe das Wort noch nicht aus dem Halse, so rennen die beiden Strauchdiebe fort, den blassen magern Gauner aber halte ich fest, der Karren mit den geraubten Sachen bleibt im Walde. Sie bringen ihn aber nach, denn zwei Arbeiter begegneten mir, die schickte ich zurück, und den ungarischen Woywoden habe ich selbst hergeschleppt.

Indem kam das ganze Hans in Aufruhr. Der Fremde saß

gebunden draußen, Bergleute, Spinner und Weber drangen herein, von den Mühlen kamen Menschen und alles schrie, und jeder verwunderte sich über den andern, alle wollten zugleich erzählen, und keiner schien zu wissen, was denn vorzutragen sei, so daß Eduard und Kunz verwirrt und verstört diesen und jenen fragte, bis der Bergmann mit seiner donnernden Stimme dazwischen rief: Alle das Maul gehalten! Nur der soll Rapport geben, den der junge Herr fragen wird!

Der einäugige Michel stand in der Nähe, und da sich Eduard an ihn wandte, so erzählte dieser. Es mochte in der dritten Stunde nach Mitternacht sein, als ich von der Hütte herauf ging, um recht früh da drüben im Zainhammer eine Botschaft auszurichten. Ich geh durch den Wald den Steg hinauf und denke nichts Böses, nur daß mir, wie ich schon ziemlich nahe am Magazin bin, alle die Nachtdiebereien einfallen, die nun da schon seit so lange sind ausgeübt worden. Ich möchte wohl den Schelm erwischen, sagt' ich so vor mir hin, – als – mit einem male ein Schuss fällt. Ein Schuss! holla! das fiel mir aufs Herz. Sind doch keine Jäger hier in der Nähe, so sprech' ich und rappl' und arbeite mich etwas rascher und emsiger hinauf. So hör' ich auch schon Schreien und Zeter und Lärm, Gepolter und Zank. Das Ding, denk' ich, ist nimmermehr richtig. Oben bin ich und seh' auch schon die Bescherung. Das Magazin offen, einige Karren, Menschen davor, sie laden auf: eine kleine Figur, die ich im Finstern nicht erkenne, keucht und ächzt, schreit und klagt, humpelt herum und fällt wieder nieder. Ich den Kerlen nach mit den gestohlnen Sachen. Da halten mich welche fest und drücken mir die Augen zu. Es wird stiller, schreien kann ich nicht, hätte mir auch nicht viel geholfen. Wie sie wieder los lassen, ist nichts mehr in der Nähe. Auch der Hinkende, so viel ich suche, ist fort, und nicht mehr zu finden. Wie ich näher an die Häuser komme, schreie ich alles wach, daß die Leute nur das Magazin bewachen, daß sie den Spitzbuben nachlaufen sollen.

Und ich! rief Kunz, habe den General-Beutelschneider beim Kragen erwischt, den Propheten von neulich, der in Eurer Hütte das Kunststückchen mit dem Schwefelholze machte. So erzählten sie alle nun wieder, schrien und lärmten eben so arg, als zuvor. Doch Eduard ordnete alles an, was jedem obliege, ließ den Fremden bewachen, das geraubte Gut herein bringen, und gebot dann Stille, um den alten Herrn nicht, wenn er noch schliefe, in seiner Ruhe zu stören. Er selber eilte mit einigen nach dem Magazin, um auch dort Vorkehrungen zu treffen, und noch mehrere der Diebe, wo möglich, zu entdecken.

Eduard fand im Magazin und draußen die Spuren des Blutes. Diesen gingen er und seine Begleiter nach. Sie verloren sich bald, bald entdeckten sie sich wieder seitwärts im Busche, dann zeigten sie sich auf einem Fußwege wieder. Eduard schritt mit bangen Gefühlen weiter, eine Ahndung presste seine Brust, er mochte sich seine Vermutung selber nicht gestehn. Aber nicht lange, so wurden sie zur Gewissheit, denn die Spur führte nach dem, auf einem grünen Abhange gelegenen Hause Eliesars. Als sie sich näherten, sahen sie auch die Umgegend schon in Bewegung, Menschen eilten aus der Stadt herauf, der Prediger des Ortes ging so eben in die Tür. Drinnen war große Verwirrung, und Arzt und Chirurgus in den Zimmern geschäftig.

Eduard ließ seine Begleiter draußen und öffnete mit klopfendem Herzen die Türe des Gemachs. Eliesar lag bleich und mit ganz entstellten Zügen in seinem Bette. So eben war die Untersuchung der Wunde geschehen, und der Verband gelegt. Alle Menschen im Zimmer, Arzt, Chirugus, Prediger und Diener sahen bleich und verstört aus, denn dieser Vorfall musste allen so unbegreiflich und schrecklich erscheinen, daß sich ein Entsetzen aller Gemüter bemächtigte.

Der Wundarzt, welchen Eduard beiseit nahm, schüttelte mit dem Kopf und versicherte, es sei keine Hülfe, der Patient werde schwerlich diesen Tag überleben. Jetzt erhob sich Eliesar aus seiner Betäubung, sah um sich und bemerkte den Inspektor. Aha! rief er angestrengt und mit matter Stimme – Ihr auch schon da? Nun ja, Ihr habt nun endlich über mich gesiegt. Dahin ist ja schon seit lange Euer Trachten gegangen. Ich liege nun hier, und alles ist vorbei, alles entdeckt, es gibt keine Frage und Antwort, kein Heut und Morgen mehr. Wie es Euch bekommen wird, das wird sich auch noch zeigen. Gut auf keinen Fall. Triumphirt also nicht in Eurer eingebildeten Tugend.

Er winkte und ließ sich vom Prediger eine Schrift reichen, die auf dem Fenster lag. Gebt dies dem Alten vom Berge, fuhr er dann fort, er wird daraus sehn, daß ich ihn geliebt habe, denn es ist mein Testament.

Jetzt sprach der Prediger einige Worte, der mit dem Kranken allein zu sein wünschte. Eduard verließ gern das Zimmer, um sich im Freien zu erholen. Draußen lief ihm Kunz wieder atemlos entgegen und rief: Verwirrung über Verwirrung! Wie er es angefangen hat, unser teurer Eliesar, so ist ihm wohl sein letztes Brot gebacken. Seht doch, der Mensch, der Allmächtige, der Schwiegersohn des Alten vom Berge, der ist ein nichtswürdiger Dieb! Nun will ich es dem blassen ungarischen Lumpen vergeben, daß er mir neulich den Streich gespielt hat, denn was ist doch alle Reputation dieser Erde, alle Ehre dieser Welt?

Die ganze Gegend, Stadt und Land war über diese Begebenheit in Aufruhr. So wie das Unglaublichste geschehn war, eine Missetat, die sich nicht leugnen oder verbergen ließ, von einem Manne ausgeübt, den alle hatten verehren müssen, der ihnen als ihr künftiger Brotherr und Beschützer erschienen war, so konnten sich alle diese Arbeiter von ihrem Erstaunen nicht erholen und in ihre Verhältnisse zurück finden, denn alles Maß, woran der Mensch sich erkennt, war eine Zeit lang im Tumult allen Gemütern verloren gegangen.

Der Alte hatte in dieser allgemeinen Verwirrung die Geschichte doch schon erfahren, so sehr dies auch Eduard hatte verhindern wollen. Er ließ Niemand in sein festverschlossenes Zimmer.

Eduard verhörte vorläufig den Fremden. Dieser hatte schon lange mit Eliesar Verkehr getrieben, er wohnte in einer Stadt, die einige Meilen entfernt war, schickte oft Boten, und half die geraubten Güter verkaufen. Ein Kaufmann in einem andern Städtchen leitete ebenfalls das Geschäft. Der Ungar hatte sich mit Eliesar entzweit und war in der Absicht in das Gebirge gekommen, sich dem alten Balthasar zu nähern, diesen zu erforschen, und, wie er ihn gestimmt fand, ihm für eine ansehnliche Summe die ganze Abscheulichkeit des Handels und den Zusammenhang desselben zu entdecken. Da der Fabrikherr sich aber gar nicht geneigt bewiesen hatte, auf irgend ein Kunststück, noch weniger auf die verdeckten Anzeigen einzugehn, der Fremde also für sich selber fürchten musste, wenn er sich verriete, so zog er sich wieder zurück und blieb seinem Bundesgenossen Eliesar treu. Dieser hatte ihn mit einer Summe und größern Versprechungen wieder begütigt.

Jetzt erscholl die große Glocke des Alten und Eduard nahm die Papiere und begab sich zu ihm. Sie haben mir, lieber Freund, fing er mit scheinbarer Ruhe an, alle meine Rechnungen durchgesehn und berichtiget? Eduard bejahte es, indem er die Bücher überreichte; er zögerte noch, und wusste nicht, ob er das Testament Eliesars zugleich übergeben sollte. Der Alte nahm es ihm selber aus der Hand und übersah es. Ich bin, fing er an, schon vor drei Monaten zum Universalerben von ihm eingesetzt, im Fall er früher als ich sterben sollte. Er verzeichnet hier alle seine Habseligkeiten und weiset nach, wo sie zu finden sind. Das Wichtigste ist eine Anzahl von Goldbarren, die er selbst will erschaffen haben. Lesen Sie.

Eduard nahm verlegen die Blätter. Nicht wahr, sagte der Alte nach einiger Zeit, der Wahnsinn ist es doch, der alles belebt und regiert? Können Sie sonst diesen Mann und sein Wesen begreifen? Wir begreifen es freilich auch durch dieses Wort nicht. – O junger Mann, junger Mann, fühlen Sie denn nun, wie sehr ich Recht hatte? Diesem vertraute ich unbedingt, weil kein täuschender, verführender Schein ihn umkleidete, weil nichts in meinem Herzen ihm entgegen kam und ich mir nicht selber zu seinem Besten log, um meiner eigenen Eitelkeit zu schmeicheln. Ja, Freund, jetzt ist nun alles entdeckt und offenbar, er scheidet ab und gibt mir in diesem Testamente zurück, was die Rechtsgelehrten mein Eigentum nennen würden. Testament! Nun ist es freilich auch wohl Zeit, das meinige zu machen, und auch anders, als ich mir vorgenommen hatte. Nun wird Ihr liebes Ehrgefühl auch wohl noch etwas bei mir aushalten können, und mein Kind, mein Röschen – ach! wie fürchterlich, daß dieses geliebte Wesen auch zu den Menschen gehört!

Ich will Ihnen in dieser Stunde, die Ihnen fürchterlich sein muss, antwortete Eduard, nicht noch einmal meine Wünsche vortragen, Sie selbst haben sich an sie erinnert, sonst würde ich auch diese Worte unterdrücken. Aber freilich muss ich jetzt bei ihnen bleiben, das Schicksal selbst zwingt mich dazu, und legt es mir als eine heilige Pflicht auf.

Gewiss das Schicksal! sagte der Alte mit seinem bittern Lächeln; Sie sind dem Röschen gut, Sie hören, sie ist schon versprochen, das treibt Sie von mir, aber vor dem Abschiede muss Ihrer Ehre genug geschehen, und Sie schießen mir zum Andenken meinen teuersten Vertrauten, den Mann meiner Seele von der Seite. Nun ist Röschen frei, Sie sind ungebunden, der Nebenbuhler fort, und das Schicksal hat alles ganz vortrefflich gemacht. Ob dieser Schuss mir aber nicht selbst ins Herz gegangen ist, ob er mir wohl nicht das innerste Heiligtum meiner Seele zerrissen und zersprengt hat, darnach wird nicht gefragt. Wie eine unendliche Lücke gähnt es aus meinem Geiste herauf, – Vertrauen, – Glaube, – alles – sag' ich doch: das Gute nur ist das wahre Böse. – Eduard, sein Sie nicht so traurig, – mich dünkt, ich spreche ganz irre.

Er fasste die Hand des jungen Mannes. Bringen Sie mir heut Abend den Burgemeister, auch den Prediger und Amtmann als Zeugen. Sie sind jetzt mein Sohn, und in diesem Sinne werde ich mein Testament machen: ich fühle, es ist die höchste Zeit, denn es wäre fürchterlich, wenn der Helbach mit meinem Vermögen wüten sollte. – Könnte ich nur diesen Schuss und den Eliesar erst ganz vergessen, gingen nur nicht mehr so wilde Gedanken durch mein Gehirn. Nun bleiben Sie und Röschen bei mir.

Eduard entfernte sich. Er suchte Röschen in ihrem Zimmer auf. Sie weinte laut, sprang vom Stuhle auf und stürzte dem jungen Manne mit dem Ausdruck der innigsten Herzlichkeit in die Arme. Ach Eduard! rief sie schluchzend, und verbarg ihr Haupt an seiner Brust: Sehn Sie nun wohl, was ich alles in meiner Jugend erleben muss. Das wurde mir nicht an der Wiege gesungen, daß ich so schrecklich, noch vor der Hochzeit, um meinen Mann kommen sollte. Und am wenigsten konnte es mir einfallen, daß Sie ihn totschießen würden, Sie, der liebste und freundlichste aller Menschen, Ach! der arme, der arme Eliesar! Schon von Natur so ein häßlicher, kleiner, wiederwärtiger Mensch! Und dazu nun noch stehlen, lügen und betrügen! Meinen guten Vater, der ihm alles geben wollte, zu berauben! Was wird nun mit seiner armen Seele? Ach ja, der ist noch grausamer umgekommen, er ist noch viel unglücklicher, als damals mein Kätzchen, das die Jungen hatte, und das er so unbarmherzig vom Orangenbaum herunter schoß. Ach! Eduard! Sind Sie denn auch wirklich ein so guter Mensch, wie ich immer geglaubt habe, oder sind Sie auch vielleicht recht böse? Nicht wahr, Sie haben es nicht gern getan, daß der Eliesar so sterben muss?

Eduard bemühte sich, ihr den Zusammenhang der Sache deutlich zu machen. Beruhigen Sie sich nur, fuhr er fort, unser aller Leben hier hat plötzlich eine gewaltsame Umänderung erlitten, wir alle müssen diese Erschütterung überstehn, um uns wieder in die Bahn des Rechten hinein zu finden. Neulich waren Sie traurig, daß ich fortgehn wollte, wenn Sie das etwas trösten kann, so erfahren Sie, daß ich wenigstens für jetzt noch hier bleibe und hier bleiben muss. Ist es Ihnen denn noch eben so lieb?

Sie sah ihn freundlich und getröstet an. Also das ist nun gewiss? rief sie aus: Ach ja! ich glaubte immer, Sie würden bleiben, denn ich kann ohne Sie nicht leben, und mein Vater kann es nicht, und alle die armen Arbeiter und Spinner, die guten Tagelöhner, für die Sie sprechen und handeln, und die bei den Zahlungen, oder wenn sie Hülfe suchen, mit der ganzen Seele an Ihren freundlichen Augen hangen, die können es am allerwenigsten.

Dieses Unglück, sagte Eduard, kann Sie, den Vater, mich und uns alle in Zukunft glücklich machen. Diese Entdeckung musste geschehn, und vielleicht ward sie, wenn nicht jetzt, zu einer Zeit gemacht, in der wir alle durch sie elend wurden.

Wenn der Vater, sagte Röschen, nun nur nichts dagegen hätte, so könnte ich mich wohl daran gewöhnen, Sie als meinen künftigen Mann anzusehen. Könnt' ich nur etwas mehr Respekt und Furcht vor Ihnen haben! wenn Sie nur manchmal recht barsch gegen mich sein wollten, nicht immer so freundlich, sondern manchmal böse und grob, so möchte ich mich mit der Zeit darein finden. –

Eduard ging an seine Geschäfte. Nach dem lauten Tumulte war alles jetzt im Hause ruhig und still, es schien, als wenn keiner zu atmen wagte, jedermann ging leise und auf den Zehen. Die Nachricht traf ein, daß Eliesar gestorben sei.

Gegen Abend führte Eduard den Burgemeister und die Zeugen in das Zimmer des alten Balthasar. Er war verwundert, diesen im Bette zu finden. Auf die Anrede der Eintretenden erhob er sich, sah alle starr an, und schien keinen zu erkennen. Aha! der Herr Prediger, rief er endlich aus, Sie kommen, heute schon den zweiten armen Sünder abzuholen. Es geht frisch in Ihrem Beruf. Ist Herr Eliesar mit gekommen?

Er winkte Eduard zu sich. Du gelber Verirrter! sagte er heimlich zu ihm; was soll ich denn mit Deinen Goldbarren machen, die Du mir verschreibst? Lass Dir Deinen dummen Betrug nicht so abmerken, er fällt ja zu deutlich in die Augen. Aber nimm Dich nur vor dem Eduard in Acht, der ist klug und gut. Wenn der einen Verdacht auf Dich hat, so bist Du verloren.

Er sprach mit den andern, aber immer ohne Zusammenhang, wild phantasirend. Der Burgemeister und die Zeugen entfernten sich und Eduard ging, um den Arzt zu holen. Das Geschäft, das Testament abzufassen, wurde aufgeschoben, bis der Kranke wieder hergestellt und zu seinem vollen Bewusstsein gelangt sei.

Der Arzt fand den Zustand des Patienten bedenklich. Eduard wurde in der Nacht gerufen, aber als er in die Türe trat, war der alte Balthasar schon verschieden. –

Die Verwirrung, die Klage war allgemein. Die Gerichte versiegelten. In diesem Tumulte schien es nur ein unbedeutendes Ereignis, daß jener Fremde Mittel gefunden hatte, aus seinem Gefängnisse zu entkommen.

In jener Stadt, in welcher der verschwenderische Rat Helbach lebte, war ein großes Fest, zu dem sich alle Schwelger, die gut zu essen wussten und Leckerbissen kannten, versammelt hatten. Der Rat selbst war die Seele dieser Gesellschaften, er galt ihnen als Gesetzgeber und er war es auch, der diesen Schmaus angeordnet hatte.

Man näherte sich dem Beschluss der Mahlzeit, einige der Gäste, die Geschäfte hatten, entfernten sich schon, die Gesellschaft ward stiller, und nur am obern Ende der Tafel, wo der Rat und einige der wissenden Speiser saßen, war das Gespräch noch laut. Glauben Sie mir, meine Freunde, sagte der Rat sehr lebhaft, die Kunst zu essen, die Bildung, die sich der Mensch hierin geben kann, hat eben so gut ihre Epochen, ihre classischen Zeiten, ihre Verderbnis und Verdunkelung, wie alle übrigen Künste, und mir scheint es, daß wir uns jetzt wider einer gewissen Barberei nähern. Schwelgen, Übermaß, Seltenheiten, neue Moden, das zu Gepfefferte, zu Gewürzreiche, alle diese Sachen, meine Herren, sind es, die jetzt nur so oft einem Gastmahle sein Lob bereiten, und doch sind es gerade diese Dinge, von denen sich der denkende Esser mit Geringschätzung verachtend abwenden wird. Es ist überhaupt in diesem Felde noch viel zu leisten, und das, was wir vom alten Schwelger Heliogabal und ähnlichen aus den Zeiten des entarteten Römerstaates lesen, und das viele Menschen mit dumpfen Erstaunen erfüllt, verdient unser Mitleid.

Es ist wohl überhaupt schwer, sich von den Speisen und Leckerbissen einer frühern Zeit, so fing ein andrer an, eine deutliche Vorstellung zu machen. Kocht man nach übriggebliebenen Recepten, so muss es wohl immer abgeschmackt ausfallen, so wie jenes Gastmahl, das uns Smollet so launig in seinem Peregrine Pickle schildert.

Es fehlt immer, antwortete der Rat, der Handgriff, auf welchen doch alles ankommt, das seine sichre Maß, das nur aus dem Instinkt hervorgeht, und dann an der Bearbeitung des Feuers, dessen reifende Eigenschaft sich niemals beschreiben läßt, sondern das jeder Koch nur durch lange Erfahrung, Takt und Beobachtung in seine Gewalt bekommen kann, vorausgesetzt, daß er zum Koch geboren ist. Das Wichtigste aber ist, daß unsre Zunge und Gaumen von Kindheit an zu bestimmten Empfindungen, Sympathien und Antipathien erzogen und gebildet sind, und daß oft das Beste, Richtigste und Edelste, wenn es, als Neuling, als noch Ungeschmecktes, scharf eintritt und sich dieser Störung des Vorurteils widersetzt, oft verkannt und gelästert wird, bis fortgesetztes Studium alsdann auch das Fremde einbürgert, und oft von dieser neuen Erkenntnis die heilsamsten Einflüsse und Belehrungen wieder auf andre alte und neu erfundene Speisen übergehn, so daß sie dem Gaumen eine neue Saite aufziehn, die vielseitig und reizend tönt. Aber auch die Vorwelt, die Bildung unsrer Voreltern spielt in diese Tastatur unsers schmeckenden, prüfenden und genießenden Wesens hinein, und wie in der Philosophie und Wissenschaft, in Staatsgeschichte und Verwaltung ist hier ein Continuum, das uns aus früher Vorzeit schon so und nicht anders gestimmt hat, welche Stimmung nur nach und nach, nicht durch Revolution, kann und soll modifizirt, aber niemals von Grund aus umgestürzt werden. Geschichte ist für den Menschen das Höchste.

Sie sollten selbst, sagte der Gast, eine solche Geschichte von den Nahrungsmitteln, der Kunst des Essens, und den geistigen Fortschritten derselben schreiben.

Wenn man selbst, antwortete der Rat, praktisch, so gern wie ich, und so viel arbeitet und sich neue Erfahrungen nicht gereuen läßt, so muss man dergleichen wohl den müßigen und mehr beobachtenden Leuten überlassen. Man kann nicht alles leisten wollen, ohne die ächte Tätigkeit zu hemmen und zu verkürzen.

Warum, fing jener wieder an, das ewige Schelten auf die Sinnlichkeit: warum gestehn sich die Menschen so selten, und auch dann nur ungern, die Freuden am Essen und Trinken?

Weil sie, sagte der Rat Helbach, eben nicht wissen, was sie wollen. Es ist mir immer merkwürdig und seltsam vorgekommen, daß in dem runden Kästchen, in welchem alle unsre feineren Sinne eingefugt und aufbewahrt liegen, und dem zugleich oben das Denkvermögen, die geistigen und edelsten Arbeiten der Seele anvertraut sind, dicht darunter die rot ausgelegte Schublade eingesetzt wurde, mit seinen Warzen, die wie Kleinodien die tönende und zitternde Zunge und Gaumen belegen, vorn mit arbeitenden und schneidenden Zähnen versehn und vom anmutigen Munde beschlossen. Speisen ist nur ein andres Denken. So wird nun in dieses Kästchen alles, was an feineren und gröberen Essenzen erschaffen ist, Duft und Saft, das anschmiegende und feine Oelige, das scheinbar widerstrebende Knuspernde, das sich schnell in Wohllaut auflösende Geistige, auf die Capelle gebracht und geprüft. Nun knirren und schneiden die Zähnchen, die so geschwätzige Zunge wälzt und handhabt das Zermahlene, drückt es freundlich und mitteilsam an den Gaumen, um ihm Freude zu machen und selbst zu genießen, und wenn der zärtlichen Bemühung genug geschehen ist, schiebet sie es fast unwillig endlich hinten dem schluckenden Freunde zu, der eigentlich den wahren Genuss davon hat, aber nur einen Moment, den höchsten, und der es nun, sich aufopfernd, einer andern Kraft resignirend übergibt. Nun fängt zum zweiten, zum drittenmal das Spiel an. Ich habe noch von keinem sich quälenden Anachoreten gehört, daß er die Lust des Speisens, und wenn er nur Brod genoss, hätte hindern wollen. Auch hat die gütige Natur dafür gesorgt, daß es so gut wie unmöglich ist.

Fein bemerkt! erwiderte der Speisende.

Wir sehn auch, fuhr der Belehrende fort, wie diese Operation des Zehrens, Essens, Zerbeißens und Verschlingens von der Natur in allen Reichen so wichtig genommen, und ganz vorzüglich berücksichtigt ist. Wo blieben alle die Tiergeschöpfe auf Erden, die umschweifenden Vögel der Luft, und die Massen der großen und kleinen Bildungen des Wassers und der Meere, wenn jeder nicht einen Wechsel, auf Sicht zahlbar, auf den andern erhalten hätte? Es wechselt ja nur der zwiefältige Prozess, hervorzubringen und zu verschlingen. Der König der Schöpfung, der Mensch, steht nun als Krone und Endpunkt dieser vielgestalteten Gäste. Jene Subalternen, die einer auf den andern, oder auf Pflanzen angewiesen sind, schauen ihn mit bewundernder Ehrfurcht an, denn nicht bloß dieses und jenes, nicht bloß Tier oder Pflanze, nicht bloß Fisch oder Wild, nein, fast alles ohne Ausnahme weiß er, sich an allen seinen Untergebenen beglückend, zu verspeisen. Nur seines Gleichen, und mancher dienenden Vasallen, oder deren, die aus Vorurteil oder in der Tat übel schmecken, enthält er sich. Mit Feuer, das ihm gehorcht, mit starken Geistern, Fett, Öl und Gewürz, Pflanze und Tier, alles künstlich gemischt und chemisch verarbeitet, erschafft er dem Gaumen wundersame Erzeugnisse. Indessen oben das Auge weint, das Gehirn ob dem Auge rührende Sachen denkt, oder sich und das Herz an Erhabenheit begeistert, die Nase, über Hyacinthenflor gehalten, der Phantasie die süßesten Bilder der Sehnsucht erweckt, lüstert und züngelt schon unten der Mund nach dem Braten, oder der Leckerpastete, die vorüber getragen wird. Das empfindsame Fräulein füttert gerührt ihre Täubchen, und derselbe Mund, der ihnen aus Gedichten die artigsten Verse und Idyllen vorspricht, verspeiset dieselben unschuldigen Wesen nachher mit vielem Wohlgeschmack. Könnten die Tiere, so wie wir, beobachten, und es stünde einmal ein Dichter unter ihnen auf, mit wie seltsamen Farben müsste ein solcher den Menschen malen können.

Ja wohl, sagte der Freund, ein solcher, auf den Menschen zurückgedrehter Spaß müsste sehr ergötzlich sein.

Wir sprechen fuhr der Rat Helbach fort, von Universalität, und in der Kunst, wo uns die Natur selbst angewiesen hat, universell zu sein, ich meine in der des Essens, verschmähen es so viele, und meinen, sie sind edler, wenn sie die ganze Wissenschaft mit Verachtung behandeln. Und doch fliegt der Schwarm der Zugvögel, schwimmen die wandernden Fische nur für unsern Gaumen in das Netz, und Luft, Klima und ferner Weltteil geht im Genuss in unserm Innern auf. Wer empfindet nicht in den Austern, wenn der Sinn für sie ihm geworden ist, alle Kraft und Frische des Meeres? O Spargel, wer dich nicht zu genießen versteht, der weiß nichts von den Geheimnissen, die die träumende Pflanzenwelt uns offenbart. Kann man was von der Weltgeschichte oder Poesie wissen, wenn man in allen diesen Naturgefühlen ein Fremdling ist, und nicht einmal den Wert einer Schnepfe oder gar eines Steinbutt zu würdigen weiß? –

Die übrigen Gäste hatten sich schon entfernt, die Mahlzeit war völlig beschlossen, und nur der Rat Helbach und seine beiden näheren und vertrauteren Freunde waren sitzen geblieben, um diese und ähnliche Gespräche zu führen. Ich bewundere, fing der eine an, Ihre frische Jugendlichkeit, die Sie sich erhalten, Ihren fröhlichen Mut und diesen poetischen leichten Sinn. Wir übrigen alle sind so alt geworden und die Jahre drücken uns so schwer, indessen Sie noch scherzen und der Genuss Ihnen immer neu und reizend bleibt.

Wir sind jetzt unter uns, sagte der Rat, und darum darf ich wohl etwas aufrichtiger zu Vertrauten sprechen. Es ist wahr, dieser sinnliche Genuss erfreut mich und kann mich zu Zeiten über vieles trösten. Aber ich bin der leichtsinnige Mann nicht, für den Sie mich halten, bin es vielleicht niemals gewesen. Fast jeder Mensch hat eine Maske, und so ist dies die meinige. Ich bewege mich bequem und leicht in ihr, und darum sehn sie so viele für meinen Charakter an. Meine Jugend war sehr traurig, ich konnte meine Eltern, die zu deutlich alle ihre Schwächen, ihre Verschwendung und Eitelkeit, mir und der Welt zeigten, nicht achten und das ist für den Jüngling das fürchterlichste Gefühl. Denn Armut und Elend, Entbehrungen aller Art lassen sich viel leichter ertragen: jenes Unglück aber zerbricht das Herz, bevor es noch ausgewachsen ist. So musste ich denn reich sein, verschwenden, hoffärtig mich betragen. Treibe man nur etwas eine Zeit lang zum Schein, so wird es bald ein Teil unsers Wesens werden. Man ahme den Stotternden eine Weile nach, und man muss sich schon sehr zusammen nehmen, nicht im Ernste zu stammeln. Ich liebte, und war im

Begriff, ein ganz andrer Mensch zu werden, denn meine Leidenschaft war ernst und heftig. Aber, neue Trübsal. Das edle Wesen, das auch bald meine Gattin wurde, konnte ihr Herz niemals zu mir neigen. Die stärkste Leidenschaft muss erlöschen, wenn sie keine Erwiederung findet, und der Mensch hat dann schon genug getan, wenn sich sein schönstes Gefühl nicht in Hass und Bosheit umsetzt. Mich warf es wieder in meinen scheinbaren Leichtsinn zurück, und um nur mein Unglück nicht zur Schau zu tragen, so wie meine sonst treffliche Frau, die dieser Schwäche nur zu sehr nachgab, ergab ich mich den tobenden Gelagen, der lauten Freude und unnützen Gesellschaften. Es ist oft ein Trotz in uns, halb edel und nicht ganz zu verwerfen, der die stärkere Natur von der Bekehrung und vom Besserwerden abhält, so sehr uns auch das Gewissen dazu ermahnt. Je unglücklicher ich mich fühlte, je mehr spielte ich den Glücklichen. Als mein Sohn geboren war, zog sich meine Gattin ganz von mir zurück und verkannte mich oft vorsätzlich. Ganz widmete sie Liebe und Sorgfalt dem Kinde, lebte nur für dieses, und bildete ihm Launen und Eigenwillen so stark aus, daß sie selbst am meisten darunter litt, und doch nicht Kraft genug besaß, den boshaften Eigensinn wieder zu brechen, den sie selbst dem Wesen erst anerzogen hatte. Mein Rat wurde nicht gehört, es war schon angenommen, daß ich das Kind so wenig lieben könne, wie ich sie verstehe und achte. Mir blutete das Herz, und doch konnte und durfte ich nicht mit Gewalt durchgreifen, wollte ich nicht vor ihr und der ganzen Welt für einen Unmenschen gelten, da ich schon Tyrann, gefühllos, leichtsinnig hieß, und aus Gewohnheit so nachgegeben hatte, daß ich mir selber oft so erschien. So wurde mein Sohn mir ein Fremdling, vorsätzlich und mit Kunst in allen seinen Gefühlen von mir entfernt, aber die zu weiche, zu leidenschaftlich liebende Mutter gewann nichts dabei, denn sie verlor ebenfalls das Herz des entarteten Wesens, auf das sie, als der Knabe erwachsen war, gar keinen Einfluss mehr haben konnte. Wie wild und unbändig er sich gezeigt hat, wissen Sie ja, wie elend die Mutter geworden ist, ist bekannt, aber mein Leben, Freunde, ist auch ein verlornes.

Ein Diener trat hastig ein, und rief den Rat ab, weil er notwendig eiligst nach Hause kommen müsse, denn etwas Wichtiges sei vorgefallen.

Die Rätin Helbach saß in dem Schlafzimmer, das von dem Hofe her nur von einem dämmernden Lichte matt erleuchtet war. Ihre verweinten Augen waren starr auf das aufgeschlagene Evangelium gerichtet, sie las mit Andacht und betete. Da hörte sie Getümmel, der Diener wurde von jemand, den er abhalten wollte, kräftig zurückgestoßen, man riss die Türe gewaltsam auf, und zu den Füßen der Frau stürzte ein Jüngling heftig nieder, ergriff die Hand der Erschreckten und bedeckte sie mit Küssen, indem ein heißer Tränenstrom aus seinen Augen brach. Erst nach einer Weile erkannte die Mutter den verloren geachteten Sohn. Eine gewaltige Rührung erfaßte sie: sie fragte: Wo kommst Du her? – Steh auf! – Unglücklicher, komm in meine Arme. – Mehr konnte sie nicht sagen. –

Sie verstoßen, Sie verabscheuen mich nicht? rief der Jüngling in der schmerzlichsten Bewegung: Gott! habe ich auch nur einen Funken Liebe noch von diesem edlen Herzen verdient? Bin ich auch nur noch eines Blickes würdig?

Sie hielten sich eng umschlossen und konnten beide lange keine Worte finden. – Aber, Mutter, sagte endlich der junge Mann, können Sie das Ungeheuer in Ihren Armen, an Ihrem Herzen halten, das damals – –

Nein, mein Sohn, mein geliebter Sohn, erwähne dieses entsetzlichen Augenblickes nicht wieder, den wir vergessen müssen. So stammelte die Mutter. – Ich weiß jetzt auch, daß ich Dir damals Unrecht tat, das Mädchen, das Du liebtest, ist gut, wie es sich nachher erwiesen hat. Ich selbst hatte Dich ja zu wenig gelehrt, Deine Leidenschaften zu mäßigen. Lass jene Stunde wie einen schweren Traum auf immer aus unserm Leben verschwunden sein! Aber wo kommst Du her, wo warst Du bis jetzt?

Sie setzten sich, sie suchten sich beide in Leid und plötzlicher Freude zu fassen und zu beruhigen. Der Jüngling erzählte, indem er wieder von Zeit zu Zeit die geliebte Mutter umfasste, oder ihre Hände küsste, wie er nach jener furchtbaren Stunde ohne Plan und Entschluss verzweifelnd umhergestreift sei, wie er, nachdem er von den letzten Mitteln entblößt war, in der Nähe des Gebirges den Entschluss gefasst habe, den alten Balthasar aufzusuchen, um von diesem vielleicht Unterstützung zu erhalten. Da er aber von den Eigenheiten des seltsamen Mannes hörte, und wie schwer es sei, ihm nahe zu kommen, so änderte er seinen Entschluss, machte unter dem falschen Namen Wilhelm Lorenzen mit dem Inspektor Eduard Bekanntschaft und wurde als Schreiber angestellt. Seine Geliebte zu sehn, die eine Reise unternahm, verließ er den Dienst, kam wieder, und entfernte sich von neuem, als er zu seinem Schrecken erfahren hatte, daß seine Mutter den Fabrikherrn besuche.

Jetzt eben, beschloß der Sohn, habe ich von einem Reisenden, einem ungarischen Mann, der in Eile vom Gebirge kam, eine höchst wichtige Nachricht vernommen. Ich wollte mich, dazu war ich unterwegs, auf Ihre Gnade und Ungnade zu Ihren Füßen werfen, als ich ihn im nächsten Städtchen traf. Erschrecken Sie nicht zu sehr, Herr Balthasar ist gestorben, plötzlich, am Schlage, ohne Testament, wie jener Fremde für gewiss gehört hat. Das Haus, das Städtchen, die ganze Umgegend ist in der größten Verwirrung. O meine Mutter, wir sind alle glücklich, wir können alle gut werden, wenn Sie an meine Reue und Besserung glauben, wenn wir den Vater bewegen können, in den Vorschlag einzugehn, den ich ihm tun will. Ich weiß, Sie versagen mir jetzt Ihre Einwilligung zu meiner Verbindung mit Carolinen nicht mehr, die Einwürfe, daß ich und das Mädchen nur arm sind, sind gehoben, wir sind viel zu reich geworden, viel zu sehr, um uns selbst vertrauen zu dürfen. –

Man hatte, als man sich beruhigt und verständigt hatte, zum Vater geschickt, der ernster und bewegter eintrat, als es gewöhnlich seine Weise war. Wie erstaunte der Alte, seinen verlornen Sohn als gebesserten, vernünftigen, umarmen zu können. Er war für dieses freudige Erschrecken unvorbereitet. Auch die gerührte Mutter kam ihm mit mehr Vertrauen und Liebe entgegen. Der Tod des Jugendgeliebten hatte sie tief erschüttert.

Zum erstenmal war diese Familie einig und glücklich, und empfand in der Trauer eine reine Freude in Aussicht einer behaglichen und gesegneten Zukunft. Der Alte, der sich vornahm, nach dem Beispiel seines Sohnes anders zu werden, und die letzten Jahre seines Lebens anständiger hinzubringen, fand sich auch ohne Überredung darein, dem mündigen Sohn gerichtlich die unbeschränkte Verwaltung des Vermögens zu übertragen. Es ward beschlossen, daß der Sohn vorerst in Gesellschaft der Mutter hinaus reisen solle, um alles zu ordnen, später sollte die Braut und Frau des Sohnes ihnen folgen, der Vater zog es vor, in der Stadt zu bleiben, und seine Familie nur im Sommer zuweilen zu besuchen. So können wir, beschloß der Rat, ein fast verlorenes Leben noch wieder ergänzen und erhöhen, es in gegenseitiger Liebe und Einigkeit verklären. Meine Leibrente ist mehr als genügend zu meinem Unterhalt, und sollte es, wie ich nicht glauben kann, fehlen, so hilft mein Sohn mit mäßiger Beisteuer aus.

Oben im Gebirge war alles ruhig. Balthasar, so wie sein ungetreuer alter Freund waren begraben. Wilhelm, wie er vormals hieß, kam mit seiner Mutter an, um sich als Erben kund zu geben. Die Richter, so wie Eduard händigten ihm alles ein, und als die Übergabe geschehen war, und Eduard mit der Rätin und dem Sohn nachdenkend allein im Zimmer waren, unterbrach Wilhelm das Stillschweigen. Jetzt sind wir hier unter uns, mein lieber Eduard, und ich darf ganz frei mit Ihnen sprechen, und Ihnen, wenn Sie es so nennen wollen, für Ihre ehemalige Liebe dankbar sein. Als ich hier war, und einst beim Kopieren mich verspätet hatte, ward ich im Vorplatz versperrt, die Haustüre war geschlossen und ich mochte mich nicht melden, um keinen Aufruhr zu erregen, hauptsächlich aber, um Herrn Balthasar nicht zu erzürnen, dem solche Störungen sehr verdrießlich waren. In der Nacht, indem ich mich still halten musste, hörte ich den alten unglücklichen Mann in seinem Zimmer auf und nieder gehn, bald schwer seufzend, bald mit Ächzen und Klagelauten mit sich selber sprechend. Es waren nicht bloß abgebrochene Laute und Ausrufungen, sondern er schien die Gewohnheit zu haben, manche Begebenheiten seines Lebens sich selber vorzutragen, als wenn er mit einem Unsichtbaren spräche. So vernahm ich von seiner Jugendgeschichte, seinen ungeheuren Leiden, aber auch von seiner Liebe zu Eduard, und welchen Teil seines Vermögens er diesem zugedacht hatte. Das Wichtigste aber, und was mich am meisten rührte, war, daß ich erfuhr, Röschen sei nicht eine angenommene, sondern seine wirkliche Tochter. Wie er sich anklagte, wie er die Mutter, die gestorbene, bedauerte, und sein Kind bemitleidete, war herzzerschneidend. – Nun also, liebe Mutter und teurer Eduard, was bleibt uns übrig zu tun? Vor unserm Gewissen, wenn wir es uns redlich gestehen wollen, ist Röschen seine eigentliche, wahre Erbin, ihr gebührt der größte Teil des Vermögens. –

Nach dieser Erklärung behandelte die Rätin das schöne Kind als eine geliebte Tochter, und an demselben Tage, an welchem Wilhelm seine Verbindung feierte, wurde auch dem beglückten Eduard sein Röschen angetraut. Das Vermögen wurde geteilt, Eduard blieb der Führer der wichtigsten Geschäfte, und eine frohe, glückliche Familie bewohnte und belebte das alte Haus, das den finstern Charakter verlor, und oft Musik, Gesang und Tanz zur Freude aller Bewohner des Städtchens laut ertönen ließ.

Zeitfracht Medien GmbH
Ferdinand-Jühlke-Straße 7
99095 Erfurt, Deutschland
produktsicherheit@kolibri360.de

Druck:
CPI Druckdienstleistungen GmbH
im Auftrag der
Zeitfracht Medien GmbH
Ein Unternehmen der Zeitfracht - Gruppe
Ferdinand-Jühlke-Str. 7
99095 Erfurt